사람의
탈

사람의 탈

조정래 장편소설

문학동네

| 차례 |

1. 일본군

몽골의 대초원은 바다처럼 넓었다. 아니, 바다보다 더 넓었다. 뭍에서 바라본 바다는 반원일 뿐이다. 그런데 몽골의 초원은 완전한 원이었다. 사방 어디를 둘러봐도 망망하고 아득한 지평선뿐이었다. 대양(大洋)의 가운데에서 배를 타고 바라본 바다, 그것이 몽골의 초원이었다.

까마득한 지평선이 원을 이루고 있는 그 넓고 넓은 땅에 풀들이 무성하게 물결치고 있었다. 그러나 풀을 뜯는 야크나 양 떼는 보이지 않았다. 초원에는 피비린내에 뒤섞인 끈끈한 악취가 진동하고 있었다. 숨이 막히고, 속이 뒤집히도록 진하고 역한 악취는 짙은 안개처럼 초원을 뒤덮고 있었다. 안개는 아무리 진하고 두꺼워도 해가 뜨면 삭아 사라졌다. 또한 온갖 악취도 바람에 실려 스러지게 마련이었다.

그러나 초원에 부는 바람은 무능했다. 바람은 무성한 풀들을 흔들어 부드럽게 물결치게 할 수는 있어도 그 악취를 걷어가지는 못했다. 초원에는 바람을 무능하게 만들 만큼 찢기고 터진 시체들이 무수히 널려 썩어가고 있었다.

산이 없어 가려질 데가 없는 초원의 하늘은 초원보다 더 아스라하게 넓었다. 그 하늘에서 크고 작은 새떼들이 휘돌고 맴돌면서 회오리바람을 일으켰다. 새떼들은 맘껏 날갯짓하며 무성한 풀숲으로 급강하하고는 했다. 시체를 뜯어 먹으려는 독수리떼와 까마귀떼였다. 그것들은 날마다 포식을 했다. 새떼는 사람을 무서워하지 않았다. 죽은 사람을 맘대로 뜯어 먹고 있으니 산 사람도 먹이로 보이는 것인지 몰랐다. 새떼들은 대포가 폭음을 터뜨릴 때나 겨우 자취를 감추었다. 그것들은 비웃기라도 하는 듯 소총 소리나 기관총 소리에는 끄덕도 하지 않았다.

그들은 전사자의 시체를 파묻지 않았다. 물론 처음에는 그날그날 파묻었다. 그런데 언제부턴가 그 일을 하지 않게 되었다. 장교가 명령을 하지 않으니 사병들이 그 힘들고 지겨운 일을 할 리가 없었다. 식사가 하루 두 끼에서 한 끼로 줄어들게 된 때부터 시체들은 새떼의 밥이 되기 시작했다. 굶주리면서 싸워야 하는 병사들은 기진맥진해 참호 파기에도 헉헉거렸다. 그리고 소련군이 합세하면서부터 전사자들이 날마다 무더기로 생겨 파묻을 도리가 없었다. 소련군의 막강한 신종 무기 앞에서 일본군은 폭풍우에 휩쓸려 마구 떨어지는 과일들 꼴이었다. 삼십여 킬로미터에 걸친 전선에서 하루에 오백 명, 어떤 날은 천 명 가까이 죽어나가니 인식표 수습하기도 어려울 지경이었다.

"아휴 배고파. 이러다가 총 맞아 죽기 전에 굶어 죽는 것 아니냐."

밥 탐이 심한 김경두가 까칠하게 메마른 입술을 핥으며 낮게 중얼거렸다.

"모르겠다. 이게 도대체 어떻게 되어가는 판인지."

얼굴이 마르긴 했어도 강단지게 보이는 신길만의 목소리도 낮았다.

그들의 수군거림은 남들의 귀를 피하려는 것만이 아니었다. 하루에 한 끼밖에 못 먹는 처지에 목소리를 크게 낼 기운도 없었다.

"이봐, 상부에서는 왜 보급품을 안 보내주는 걸까? 후방에 양식이 없을 리가 없잖아."

김경두의 속삭임에는 역정이 묻어났다.

"그 말 자꾸 하면 뭘 해. 졸병들 누가 그걸 알겠냐. 아유, 이 냄새. 이젠 머리까지 터질 것 같다."

신길만이 숨을 쉬고 싶지 않다는 듯 코를 씰룩이며 머리를 감싸잡았다.

두 끼로 줄어든 식사가 다시 한 끼로 줄어들면서 병사들의 사기는 꺾일 대로 꺾여버렸다. 그리고 끼리끼리 가장 많이 수군거리는 말이, 왜 양식 보급이 제대로 되지 않느냐는 것이었다.

"이거 말이야, 어차피 이기긴 틀린 싸움이니까 이대로 다 죽게 모른 척해버리자는 수작 아닐까?"

"너, 그런 말!"

신길만의 경계하는 눈빛이 날카로워지며 김경두를 쏘아보았다.

"저어…… 너두 속으로는 그런 생각 하는 거지?"

김경두도 주위를 살피며 속삭임을 더 낮추었다.

"글쎄, 말 좀 그만 해."

신길만의 대꾸는 모호했다. 그러나 눈빛에는 그렇다는 대답이 담겨 있었다.

"난 말야, 여기서 개죽음하고 싶지 않아. 어떡하면 좋지?"

신길만은 반사적으로 김경두의 어깨를 쳤다. 그리고 재빨리 고개를 돌려 그를 외면해버렸다.

신길만은 자신의 가슴이 쿵쿵 뛰는 소리를 듣고 있었다. 김경두의 말은 그 혼자만의 마음이 아니었다. 그건 신길만 자신의 말이기도 했다. 그리고 이 고바야시 장군의 부대에 있는 조선 병사들의 마음이기도 했다. 조선 병사들치고 그런 생각 하지 않는 사람이 없을 거였다.

신길만은 자신의 속마음을 들켜버린 것 같은 두려움을 느꼈다. 그런 말 한 것을 하사관이나 장교가 알면 그 즉시 총살이었다. 그들은 조선 병사들을 믿지 않았다. 오장(伍長)들은 언제나 날 선 눈초리로 조선 병사들을 감시했다. 그들의 칼날 같은 눈빛 앞에서 조선 병사들은 서로 가깝게 지내기도 어려웠다. 일본군은 조선 병사들을 한 소대에 서너 명씩 분산 배치시켰다.

그러나 신길만의 마음 저 깊은 곳에서는 은밀하게 나무 하나가 자라나고 있었다. 소련군의 탱크 앞에 일본군들이 낙엽지듯 죽어나가고, 식사가 하루 두 끼로 줄면서 전선에는 패배의 공포가 감돌기 시작했다. 그즈음부터 신길만은 어떻게 해야 죽지 않고 살아날 수 있을까 하는 생각에만 사로잡혀 있었다. 나날이 죽음의 공포가 심해질수록 그 나무는 기세 푸르게 쑥쑥 자라났다.

"알지야? 호랑이한테 열두 번 물려가도 정신만 채리면 살아난다는 말. 그려, 어디서든 정신 딱 채리고 관세음보살님만 염혀. 그러면 틀림없이 살아날 길이 열릴 것잉게. 꼭, 어쨌그나 꼭 살아와야 혀. 니는 이 집안 장자닝게, 장자!"

어머니가 손등이 으스러져라 쓰다듬고 또 쓰다듬으며 한 말이었고,

"총알 피해 댕겨라."

아버지의 무뚝뚝한 한마디였다.

그런데 이상하게도 어머니 말보다는 아버지 말이 더 뚜렷하게 가슴에 새겨져 있었다. 투박한 것만큼 아버지의 말은 얼른 알아듣기가 쉽지 않았다. 총알을 피해 다니라니…… 그러나 사리에 맞지 않는 것 같은 그 말에는 얼마나 많은 말들이 담겨 있는 것인가……

김경두는 아이가 둘이라고 했다. 열일곱에 장가를 들어 지금 스물한 살이니 지극히 자연스러운 일이었다. 그가 애달아하는 것 또한 자연스러웠다.

"에그, 장가라도 좀 일찍 보낼걸. 손자라도 하나 있었으면 좀 좋아. 그저 살림살이 궁한 게 다 원수지. 소작 부치고 사는 신세니 뭐가 뜻대로 돼야 말이지. 에이구 내 팔자야."

어머니의 탄식이었다.

신길만은 스무 살, 자신의 나이를 되짚었다. 보통 열일고여덟에 장가를 드니 스물이면 늦다리 총각이었다. 자신도 남들하듯이 그 나이쯤에 장가를 갈 수 있었다. 그러나 싫었다. 일찍 장가가 입들이 늘어나기 시작하면 또 아버지와 똑같이 평생 가난 속에서 허덕일 것이 뻔했다. 소작인의 한평생이란 황소의 슬픈 운명과 다를 것이 없었다. 그래서 논 한 마지기라도 장만할 때까지 장가를 미루고, 뼈 휘도록 일하기로 했던 것이다. 그런데 작년에 덜컥 지원병 지명을 당하고 말았다.

"비상! 비상! 전원 전투 준비! 적의 탱크 공격이다!"

이시하라 오장의 쉰 듯 컬컬한 외침이었다.

"저 새긴 세끼 밥 다 처먹을 거야."

김경두가 총을 잡고 황급히 일어서며 내뱉었다. 그만큼 이시하라 오장의 목소리는 아직까지도 팽팽하고 어기찼다.

"전원, 몸 낮추고, 사격 준비!"

다른 목소리의 외침이 퍼졌다. 너무 크게 소리친 탓인지 그 목소리 끝이 갈라지고 있었다. 소대장 다나카였다.

오장이나 소대장이 '전원'이라고 외치고 있었지만, 소대원은 열한 명뿐이었다. 세 배가 넘는 소대원들은 이미 소련군과 몽골군의 밥이 되어버렸다. 다른 소대의 희생자 수도 비슷비슷했다. 그렇다면 지난 넉 달 동안에 발생한 전사자는 일만삼

천여 명에 이르는 셈이었다. 5월에 국경을 넘어온 몽골군을 치기 위해 이곳에 진군한 관동군 고바야시 부대 장병들은 이만 명이었다.

신길만은 낮춘 몸을 참호 벽에 밀착시키면서 앞을 응시했다. 풀숲 저쪽 멀리에서 탱크들의 모습이 어릿어릿 나타나고 있었다. 그리고 쇠 구르는 소리도 먼 천둥소리처럼 울려오고 있었다. 신길만은 총을 움켜잡으며 부르르 떨었다. 등골에 찬 바람이 끼치며 몸이 오그라들고 있었다. 탱크들이 눈에 띄고, 쇠바퀴 굴러오는 소리를 들으면 일어나는 공포감이었다. 매번 마음을 다잡으며 용기를 내려고 했다. 그러나 용기는 잡히지 않는 바람이고 안개였다. 나는 신풍(神風)의 황군이다! 나는 무적의 관동군이다! 교육받은 대로 이런 구호를 속으로 외쳐보았지만 아무런 효험도 없었다. 쇳덩어리인 탱크는 정말로 무시무시했다. 그것들은 맨몸으로 맞대야 하는 호랑이나 사자였다. 이쪽에서 소총을 쏘아대고, 기관총을 난사하고, 수류탄을 투척해도 탱크들은 무표정하게 밀어닥쳤다. 소총을 쏘아대는 것은 콩알을 던지는 격이었고, 기관총을 갈겨대는 것은 자갈을 던지는 격이었고, 수류탄에 매달려보았자 돌멩이를 던지는 정도였을 뿐이다. 처음 몽골군에게 위력을 과시했던 일본군의 무기들은 소련군의 탱크들 앞에서 어린애 장난감이었다.

14

일본군에게는 더이상의 무기가 없었다. 그런데도 장교들은 닛본또(일본도)를 휘두르며 '도스께끼(돌격)!'를 외쳐댔다.

"도스께끼! 도스께끼! 수류탄을 전차 바퀴에다 던져라! 전차 바퀴에다 까 넣어!"

장교들은 이렇게 외치느라고 목에서 피가 넘어올 지경이었다.

병사들은 도스께끼 명령을 따르지 않을 수가 없었다. 명령 불복종은 즉결처분이었다. 오장들의 살기 품은 눈길이 번뜩이고 있었다.

병사들은 함성을 지르며 몸을 감추고 있던 참호를 벗어났다. 풀들의 세상인 초원에는 총알을 막아줄 것이라고는 아무것도 없었다. 은폐물이 없기로는 초원은 허허벌판이나 잔잔한 바다와 같았다. 병사들은 탱크를 향해 그 텅 빈 풀밭을 내달려 갔다.

일렬로 늘어선 소련군 탱크들은 자기네에게 덤벼드는 일본군을 향해 불을 뿜어댔다. 탱크의 직사포는 일본군들을 식육 좋게 삼켰다. 탱크 부대가 연달아 터뜨리는 포성은 초원을 뒤흔들었고, 도스께끼 명령을 거역하지 못하는 일본군들은 그야말로 추풍낙엽으로 시체 위에 시체로 쌓여갔다.

앞선 자의 몸뚱이가 공중으로 치솟았다가 곤두박질쳐지고,

배가 터져 내장이 쏟아지고, 아우성과 비명이 뒤엉키는 속에서 일본군 병사들의 사기는 이미 죽은 시체였다. 그러나 그들은 뒤돌아설 수가 없었다. 도스께끼! 도스께끼!는 그들을 몽둥이질해대고 있었다. 그들은 포탄이 되어 쇠호랑이를 향해 내달릴 수밖에 없었다. 아무리 화력이 좋은 탱크포들도 겹겹으로 돌진해오는 적들을 다 막아내지는 못했다. 일본군들이 탱크에 가까이 접근하고 있을 때였다. 탱크들 뒤쪽에서 불꽃을 단 무엇인가가 날아오기 시작했다. 그것은 수류탄이 아니었다. 수류탄 비슷하게 생긴 그것들은 땅에 떨어지자마자 확 불길을 일으켰다. 그 불길은 순식간에 거센 기세로 넓게 퍼지면서 일본군들을 휘감았다. 병사들이 좌충우돌하는 사이에 그 불길은 병사들의 옷으로 옮겨붙었다. 병사들이 아우성치며 뒹굴었고, 비명을 지르며 들뛰었다. 전우의 몸에 붙은 불을 끄려고 덤벼든 병사의 옷에도 불이 옮겨붙었다. 그 이상한 무기는 쉴새없이 날아와 일본군들을 삽시간에 불바다에 빠뜨렸다.

"불탄이다! 후퇴! 후퇴!"

일본군은 불붙은 병사들을 버려둔 채 후퇴하기 시작했다.

일본군이 처음 당한 그 '불탄'은 탱크와 함께 소련군이 갖춘 신종 무기였다. 일본군이 혼비백산한 채 그 정체를 알아내지 못하고 있는 신종 무기는 소련 외상 몰로토프의 이름을 따서 '몰로토프 칵테일'이라고 부르는 화염병이었다.

그런 식의 돌격전은 석 달 동안 계속되어왔다. 날마다 싸웠지만 아무런 전과 없이 병사들만 무더기무더기 죽어가고 있었다. 신길만은 자신이 어떻게 죽지 않고 여지껏 살아남아 있는 것인지 의문스러울 지경이었다. 아버지가 이른 대로 총알을 피해 다닌 것이 아니었다. 아무리 약삭빠르고 민첩하다고 해도 정신을 차릴 수 없는 전쟁터에서 총알을 피해 다닐 재간은 없었다. 그렇다면 총알이 자신을 피해 다녔거나, 어머니 말대로 관세음보살님 덕인지도 모른다 싶었다.

신길만은 가슴 가득 숨을 몰아쉬었다. 그리고 자신도 모르게 관세음보살, 관세음보살을 염했다. 자신은 불교도가 아니었다. 집안에서 어머니 혼자 절에 다녔다. 그것도 일 년에 서너 차례 쌀 몇 됫박을 이고 걸음하는 정도였다. 그런데 군대에 나오면서부터 어머니의 당부대로 관세음보살을 염하게 되었다. 아니, 인천에서 만주 관동군으로 파견될 때까지만 해도 관세음보살을 찾지 않았다. 그런데 이 노몬한 전투에 참전해서 날마다 수없이 많은 사람들이 죽어가는 것을 보면서 자신도 모르게 관세음보살님을 붙들고 매달리게 되었다.

"소대원, 들어라. 오늘부터는 육박전이다. 돌격하지 않고, 적의 전차들이 최대한 접근할 때까지 기다렸다가 포복으로 적진을 뚫는다. 그리고 전차 뒤에 따라오는 적들을 육박전으로 무찌른다. 우리의 육박전 맛을 보면 적들은 틀림없이 도주할 것이다. 다들 정신 차리고, 힘내라! 우리는 무적의 관동군이다!"

소대장 다나카의 찢어지는 외침이었다.

육박전, 돌격전과는 또 다른 자살공격이었다. 신길만은 오장의 점검에 따라 대검을 총 끝에 꽂으며 죽음이 섬뜩 다가오는 것을 느꼈다. 벌써 열흘이 넘게 하루에 겨우 한 끼를 먹은 몸으로 육박전을 하다니…… 그것도 상대는 몸집이 큰 러시아인들이었다. 그건 자살공격이라는 말 그대로 죽음의 길이었다.

"이봐, 이걸 어떡하면 좋지? 난 총검술에 자신이 없는데."

김경두의 낮은 목소리가 경련하고 있었다.

신길만은 내키지 않았지만 김경두 쪽으로 눈길을 돌렸다. 겁에 질린 김경두의 눈은 헛것을 보는 것처럼 어릿거리고, 흐렸다.

"호랑이한테 열두 번 물려가도 정신만 차리면 살아나!"

신길만은 불쑥 말했다. 말을 해놓고 보니 자신은 줄곧 어머니의 그 말을 곱씹고 있었다는 것을 깨달았다.

"근데 말이야, 어젯밤 꿈에 우리 두 아이를 보았는데, 그게 좋은 꿈일까, 나쁜 꿈일까?"

김경두가 불안스럽게 마른침을 삼켰다.

"그건 좋은 꿈이잖아."

신길만은 좋도록 대꾸하고 빨리 고개를 돌렸다. 그 끔찍스러운 포성이 울려왔던 것이다.

소련군 탱크들은 한결 가까워져 있었다. 탱크들은 느리게 굴러오면서 포를 순서대로 한 방씩 쏘아대고 있었다. 위협사격이었다. 그런데 포성이 울릴 때마다 멀찍한 풀숲 여기저기서 검은 새들이 날아올랐다. 시체를 뜯어 먹다가 놀란 독수리떼와 까마귀떼였다. 그 검은 새떼들은 날이 갈수록 엄청나게 불어났다. 수많은 시체들이 썩어가는 지독한 악취에 사방 멀리 있는 놈들까지 모여드는 것이었다. 그 새떼들은 하루에 몇 차례씩 하늘로 날아올라 너훌너훌 느릿하게 비행을 하고는 했다. 그럴 때면 하늘에 검은 휘장을 친 것 같았다. 병사들은 괴기 서린 그 검은 날갯짓을 올려다보며 몸서리를 쳤다.

"소대에ㅡ, 포복 준비!"

마침내 소대장의 명령이 떨어졌다.

신길만은 재빨리 참호 벽을 타고 올라 낮게 포복 자세를 취했다. 풀들이 몸을 감추어주었다. 총을 양쪽 팔에 올린 그는 앞을 응시했다. 풀줄기들 사이사이로 탱크들이 다가오고 있는 것이 어른어른 보였다.

"소대에ㅡ, 포복 개시!"

신길만은 숨을 들이켜며 기기 시작했다.

"총알 피해 댕겨라."

그때 아버지의 목소리가 울렸다. 그 목소리는 아버지가 바로 옆에서 말하고 있는 것처럼 생생하고, 담배 냄새까지 묻어났다.

신길만은 기는 속도를 약간 늦추었다. 괜히 앞서 가서 남들보다 먼저 적을 맞이할 필요가 없었다. 총알만 총알이 아니었다. 적의 칼날도 총알이었다.

탱크에 아주 가까워졌을 때였다. 적진에서 불탄이 날아오기 시작했다. 적들은 이쪽의 육박전 시도를 알아차린 것이었다. 적진에서는 불탄만 날아오는 것이 아니었다. 기관총도 난사하고 있었다. 불탄의 공격을 피하려면 몸을 일으켜 기민하게 움직여야 했다. 그러나 몸을 일으키면 기관총의 난사에 총알 밥이 되기 십상이었다.

신길만은 눈을 부릅떴다. 엎드려 있으니 기관총에 당할 위험은 별로 없었다. 불탄이 날아오는 것을 눈으로 잡아야 했다. 그는 불탄을 피해 서너 차례 몸을 재빠르게 굴렸다. 몸을 굴릴 때마다 총이 옆구리며 가슴을 짓찧었지만, 그럴수록 총을 틀어잡았다. 총을 잃어버리는 것도 즉결처분이었다.

불탄의 기세가 거세지면서 사방에서 비명과 아우성이 터지고 있었다. 불길에 휩싸인 병사들이었다.

"사람 살려! 어머니, 어머니!"

그건 조선말 외침이었다.

신길만은 퍼뜩 김경두를 생각하며 그쪽으로 고개를 돌렸다.

"사람 살려! 사람 살려!"

저쪽에서 뒹굴고 있는 것은 분명히 김경두였다. 그는 몸에 붙은 불을 끄려고 몸부림치며 뒹굴고 있었다. 그러나 불길은 이미 그의 온몸을 휘감고 있었다. 그 기세의 불길을 끌 방법은 없었다.

신길만은 김경두에게로 달려가려던 몸짓을 멈추고 눈을 질 끈 감았다. 불길에 휩싸인 그 몸부림은 너무 숨막히는 고통이고 무서움이었다.

신길만은 화끈한 불길을 느끼며 눈을 번쩍 떴다. 불탄이 바로 앞에서 확 불길을 일으키고 있었다. 아슬아슬한 순간이었다. 그는 잽싸게 몸을 마구 굴렸다.

"후퇴! 후퇴!"

신길만은 내뛰기 시작했다. 김경두를 보려고 했다. 그러나 마음뿐이었다. 고개를 뒤로 돌릴 틈이 없었다. 적의 기관총 난사가 뒤를 쫓아오고 있었다.

소대원들은 참호로 뛰어들어 숨을 헐떡거렸다. 소련군 탱크들은 하루 할 일을 다 했다는 듯 여유만만하게 긴 포신을 뒤로 돌리고 있었다.

"인원 점검하라, 인원!"

소대장 다나카가 널브러져 있는 병사들을 걷어차며 소리쳤다.

또 두 명이 죽었다. 이제 소대원은 아홉이었다.

"빠가야로(개새끼들)!"

참호를 뛰어오른 소대장이 긴 닛본또를 뽑아 있는 힘껏 내려치며 소련군을 향해 외쳐댔다. 한 번씩 내려칠 때마다 사람의 목을 뎅겅뎅겅 자를 수 있다는 닛본또는 허공을 갈랐을 뿐이고, 그 칼날에는 순간적으로 햇빛이 반짝했을 뿐이다.

그날 소대원들 사이에 이상한 소문이 돌았다. 벌써 보름 전부터 식량과 군수품을 실은 수송차량들이 수송로를 차단한 소련군들에게 나포되기 시작했다는 것이었다. 수송로를 지키던 아군이 소련군과 몽골군의 포위로 전멸한 때문이라고 했다. 소련군 손에 넘어간 수송차량이 오백여 대라고 했다. 그래서 보급만 끊긴 것이 아니라 보급로를 차단당하면서 통신도 두절되고 말았다는 것이었다.

그 암담한 소문이 누구의 입에서 나왔는지 알 수가 없었다. 그것을 알 수가 없으니 '소문'이었다. 그 발 없는 소문은 바람처럼 빠르게 퍼져나갔다. 병사들은 소문의 진원지를 알려고 하지 않았다. 알려고 한다고 알아지는 것도 아니었다. 그들은 소문을 그대로 믿었다. 자신들이 당해온 처지가 그 소문과 일치하고 있었던 것이다. 소문의 위력은 대단했다. 병사들은 죽음의 공포에 휩싸이며 완전히 기가 꺾이고 말았다. 그들은 깊은 침묵 속으로 빠져들어갔다.

신길만은 이 참호가 자신의 무덤이 될지도 모른다고 생각했다. 사령부에서 대병력을 투입하지 않는 한 소련군을 무찌를 방도는 없었다. 소련군은 마치 이쪽을 농락하듯이 날마다 한 차례씩 밀고 와 서서히 이쪽 병력을 소모시키고 있었다. 이제 앞으로 며칠이나 더 견딜지 알 수 없었다. 처음 이 국경지대로 진군할 때 장병들의 사기는 야생마들처럼 펄펄했었다.

"중국으로 진출한 우리 관동군은 백전백승의 전공을 세워 무적의 관동군이 되었다. 이제 우리는 중국군이 아닌 외국군을 상대로 최초의 전투에 나서고 있다. 상대는 몽골군이다. 몽골군은 젖비린내나는 군대다. 이번 전투에서 우리는 몽골군을 가차 없이 무찔러, 그놈들이 우리 땅을 침범한 것보다 열 배는 더 빼앗아, 천황 폐하께 바쳐 황군의 충성을 맹세해야 한다.

전투는 단 며칠이면 우리의 쾌승으로 끝날 것이다. 모두 용기 백배하여 나를 따르라!"

고바야시 장군의 그 우렁찬 연설을 장병들은 모두 굳게 믿었었다.

처음에 몽골군을 대적할 때는 고바야시 장군의 말이 그대로 들어맞았다. 그런데 소련군이 나타나면서부터 전세는 정반대로 뒤집어졌다. 노몬한은 몽골과 소련과 중국, 세 나라의 국경지대였다. 소련군은 자기네 영향력 아래 있는 몽골을 지원하는 동시에 자기네 국경도 지키기 위해 나섰던 것이다.

어디인지도 모를 이 막막한 땅에서 죽어가야 하다니…… 신길만은 생각할수록 눈앞에 깊은 어둠뿐이었다. 그렇다고 살아날 어떤 방법이 떠오르는 것도 아니었다. 그저 쉽게 떠오르는 것이 도망이었다. 그러나 그게 쉬운 일이 아니었다. 일본군의 감시는 칼날 같았다. 그리고 그 감시를 무사히 벗어난다 해도 그 다음이 또 문제였다. 이 넓고 넓은 초원에서 어디로 갈 것인가. 해가 지평선에서 떠서 지평선으로 지는 이 초원에서는 어디가 어디인지 방향이 분간이 되지 않았다. 산이 겹겹이 많고 많은 땅에서만 살다가 지평선이라는 건 여기 와서 처음 본 것이었다. 바다에서 수평선은 자주 보았지만, 지평선이라는 것이 있는 줄은 몰랐었다. 수평선을 오래 바라보고 있으면 눈앞이 가물가물해지고, 정신까지도 아물아물해지는 것처럼 지평선을 오래 보아도 마찬가지 증상이 생겼다. 먹을 것이라 고는 아무것도 없이 이 끝없는 초원을 무턱대고 헤매다가는 끝내 독수리나 까마귀떼의 밥이 될 거였다. 독수리나 까마귀 들은 시체의 눈부터 파먹었다. 그리고 그 날카로운 부리와 발톱으로 배를 찢고 파헤쳐 내장을 꺼내 먹었다. 그 새떼들이 거쳐간 시체들은 너덜너덜한 걸레로 변했다. 가장 쉽게 사람을 만날 수 있는 방법은 한 가지가 있었다. 몽골군 쪽으로 도망가는 것이었다. 할하강 건너가 몽골군 진지였다. 소련군보다는 생김이 같은 몽골군에게 마음이 더 끌렸다. 그러나 그들이 적군을 어떻게 대할지 알 수가 없었다. 적군이라고 총질을 해버릴 수 있었다. 결국 살아날 방법은 아무것도 없었다. 그렇다고 이 참호가 무덤이 되게 할 수는 없었다. 살고 싶었다. 살아서 집으로 돌아가고 싶었다.

신길만은 무슨 통증처럼 심한 외로움에 잠겨들고 있었다. 김경두가 있을 때는 느끼지 않았던 외로움이었다. 좀 심약한 편인 김경두가 있다고 무슨 뾰족한 수가 있을 리 없었다. 그러나 그나마 말벗이 없어지고 나니 그의 빈자리를 외로움이 차지하고 들었다.

"나는 꼭 살아서 돌아갈 거야. 군대에 갔다 오면 틀림없이

면 서기 시켜준다고 했거든."

김경두가 힘겨울 때면 되뇌고는 했던 말이었다.

신길만은 김경두의 말을 듣기만 했지, 자신도 똑같은 약속을 받았다는 말은 하지 않았다. 일본이 조선 청년들을 지원병으로 지명하면서 다 똑같은 약속을 한 것에 놀랐고, 그 다음에는, 사기당한 것 같은 배신감을 느꼈다. 일본이 많은 사람들에게 똑같은 약속을 맘 놓고 남발한 것은 지원병들을 이런 사지(死地)에 몰아넣어 살아 돌아올 수 없을 것을 알았기 때문인 것 같았다.

그러나 그것으로 끝나지 않았다. 지원병 지명을 당한 사람들이 반발하자 면 직원들은 일본군 배치 규정이 적힌 서류까지 내보이며 안심시켰다.

"여기 보세요, 여기. 조선인은 함경도의 19사단과 서울 이남의 20사단에만 배치한다고 이렇게 딱 적혀 있지 않아요. 조선 반도를 벗어나지 않도록 되어 있으니까 전혀 위험할 게 없다니까요. 전쟁터에 가는 게 아니니까 아무 걱정 말아요."

그건 형식적인 기록일 뿐이었다. 조선땅에 머문 것은 훈련 기간이 포함된 몇 달에 지나지 않았다. 일본은 '파견'이라는 이름으로 지원병들을 분산시켜 만주로 끌어갔다.

어머니와 아버지는 일본의 그런 속셈을 미리 짐작하고 있었던 것인가. 면 직원이 전쟁터로 가는 게 아니라고 했는데도 아들이 분명 전쟁터로 끌려가는 것처럼 애타는 당부의 말을 했던 것이다. 삼십 년 가까이 일본을 보고 겪어온 분들의 눈치일 수 있었다.

그러나 일본이 꾸민 일은 또 있었다. 지원병이란 지원병이 아니었다. 지원병은 명칭일 뿐이었고, 사실은 강압적인 '지명'이었다. 일본인들과 함께 일본군으로 생활해야 하니까 지원병의 기본요건은 일본말을 할 수 있는 조선 청년들이었다. 조선 사람으로서 일본말을 할 수 있으려면 최소한 소학교 졸업은 했어야 한다. 상부로부터 인원을 할당받은 면사무소에서는 먼저 소학교 졸업자들을 골라냈다. 그 다음 조건이 소작인의 자식이었다. 가난하고 힘없는 소작인들이라야 다루기 쉽기 때문이었다.

세끼 밥도 배불리 먹을 수 없는 찌든 가난을 무릅쓰며 소작인들이 자식 하나만이라도 소학교에 보낸 것은 그럴 만한 까닭이 있었다. 자식만큼은 소작인 신세를 면케 해주려는 것이었다. 그런 소작인들이 간직한 최고의 꿈은 자식이 면 서기가 되는 것이었다. 면 서기는 그들이 직접 대하는 가장 큰 권력자였고, 두려운 존재였다. 면 직원들이, 군대에 갔다 오면 면 서기를 시켜주겠다고 한 것은 소작인들의 마음을 환히 꿰뚫어보고 있는 달콤하기 그지없는 회유책이었다.

그러나 군대에 나가면 죽을 위험이 크다는 것을 모르는 소작인은 없었다. 작은 일본이 큰 중국을 상대로 전쟁을 벌이고 있다는 것은 오래 전부터 조선 천지에 퍼져 있는 소문이었던 것이다. 자식이 죽으면 그만이라는 생각에 소작인들은 면 직원들의 회유에 쉽게 넘어가지 않았다.

"좋소. 대일본제국의 무궁한 발전을 위해 협조하지 않겠다면 당장 짐을 싸시오."

"무슨 짐을……?"

"몰라서 묻소. 만주행이오!"

"아니……, 아니……"

집안 식구들이 전부 만주로 추방당하지 않으려면 지원병으로 나서야 했다.

만주행이 말 못 할 지옥살이라는 건 널리 알려져 있었다. 만주를 차지한 일본이 넓은 땅을 준다고 사람들을 모집해서 한때 소작인들이 만주로 몰려간 적이 있었다. 그러나 그건 거짓말이었다. 일본은 만주로 간 조선 사람들을 집단촌에다 몰아넣었다. 집단촌이란 포로수용소와 다름없었다. 담이 높게 둘러쳐진 사방에는 총을 든 일본군들이 지키는 초소가 세워져 있었다. 이백여 명씩 수용된 조선 사람들은 거기에 갇혀 숙식을 하고, 농사는 밖에 나가서 일본군의 감시를 받으며 지었다. 중국 사람들에게 빼앗은 만주땅의 농토는 넓었다. 그러나 그 수확은 조선 사람들의 것이 아니었다. 추수를 하면 일본군은 곡식을 전부 빼앗아갔다. 그리고 조선 사람들은 그저 연명할 정도의 배급만 타먹었다. 집단촌의 조선 사람들은 관동군의 군량을 대는 노예들이었다.

그런데 각 면사무소나 주재소에서는 소작인들에게 엉뚱한 죄를 뒤집어씌우거나 생트집을 잡아 끊임없이 만주로 내몰고 있었다. 아무 힘 없는 소작인들이 소작을 떼이는 것 다음으로 무서워하는 것이 만주로 내쫓기는 것이었다.

"니 이름을 왜 길만이라고 지었는지 아냐? 길할 길(吉)자, 일만 만(萬)자, 니 평생 좋은 일만 있으라고 그런 것이다. 사람이 살면서 이름 덕도 보는 것잉게, 이름 믿고 무슨 일이고 열성으로 해야 혀."

문득 떠오른 아버지의 말에 신길만은 쓰게 웃었다. 어떻게든 살아날 궁리를 하다보니 어렸을 때부터 들어온 아버지의 말이 떠오른 것이다. 앞뒤가 막힌 이런 암담한 형편에 이름 덕을 보게 될 리 없었다. 자신의 이름에는 평생 가난하게 살아온 아버지의 마음이 담겨 있을 뿐이었다. 가난한 사람들은 으레 그런 식으로 촌스러운 이름을 지어 붙였다. 천석꾼 부자가 되라고 천석이, 복 많이많이 받고 살라고 만복이 하는 식이었다.

　더위가 가신 9월의 하늘은 높고 깊었다. 참호 바닥에 무거운 몸을 부린 신길만은 하늘을 하염없이 올려다보고 있었다. 시리도록 고운 그 쪽빛은 바로 고향 하늘이었다. 몇천 리인지 모르게 고향에서 멀어졌는데도 하늘은 땅하고는 다르게 변함이 없었다. 불현듯 고향이 사무치게 그리워지고, 외로움은 더 쓰라리게 깊어졌다. 고향을 떠나온 지도 일 년이 넘어가고 있었다.

　또 저녁을 굶은 채 날이 저물어 어둑어둑해지고 있었다. 반합이 넘치도록 물만 들이켰다. 아무도 말을 하지 않았고, 서로서로 눈길을 피했다. 그들은 모두 꺼칠하게 말라 맥이 풀려 있었고, 군복도 구겨질 대로 구겨지고 때에 절어 남루할 정도였다. 그들은 이미 군인의 형상을 잃고 있었다.

　"이거 무슨 냄새야?"

　갑자기 누군가가 말했고,

　"응, 맛있는 냄새잖아?"

　"맞다. 고기 굽는 냄새다."

　그들의 목소리에 생기가 돌았다.

　"누가 양이라도 한 마리 잡아왔나?"

　"그래. 냄새나는 데가 어디지?"

"저기, 2소대 쪽이야."

"가보자."

그들은 앞다투어 몰려갔다. 신길만도 그들의 뒤를 따라 걸음을 서둘렀다. 입에서는 벌써 군침이 돌고 있었다.

몇 안 되는 2소대원들이 둘러앉아 굽고 있는 것은 양이 아니었다. 껍질을 벗긴 한 마리 뱀이었다.

"3소대원들이 뭐 하러 와. 우리 먹을 것도 없는데."

누군가가 퉁명스럽게 내쏘았고,

"맞어. 너희들도 잡아다 먹어."

차가운 목소리가 말을 받았다.

"참, 인심 한번 사납네. 가자."

누군가의 말에 3소대원들은 군침을 삼키며 돌아서야 했다. 그들이 보기에도 자기들과 나누어 먹기에는 뱀이 너무 작았다.

"제길, 우린 왜 저 생각을 못 했지?"

"내일부턴 우리도 뱀을 잡자."

"아니, 뱀만 잡을 게 아니라 독수리나 까마귀를 잡아먹으면 어떨까?"

"그게 무슨 소리야. 길조인 까마귀를 잡아먹다니. 그랬다간 당장 액운이 끼쳐 황천행이야."

그들은 더 말이 없이 제자리로 돌아와 앉았다.

신길만은 더 심한 배고픔을 느끼며, 징그럽고 흉하게도 사람의 시체를 뜯어 먹는 까마귀라도 잡아먹을 수 있다는 생각이 들었다. 그전에는 뱀을 약으로 고아먹는다는 것도 끔찍스러워했었다. 그러나 속이 쓰라리다 못해 창자가 비비 꼬이는 것 같은 배고픔에 시달리면서 보니까 뱀이 그렇게도 맛있어 보일 수가 없었다. 그러니 까마귀라고 못 먹을 턱이 없었다. 이 고통스러운 배고픔을 면할 수 있다면 까마귀보다도 더 더럽고 흉측한 것이라도 잡아먹고 싶었다. 일본 사람들이 까마귀를 길조로 치는 것과는 반대로 조선 사람들은 흉조로 쳤다. 사람 시체를 뜯어 먹기 때문일 거였다. 조선 사람들에게 길조는 까치였다. 그러나 조선 사람들 중에도 남몰래 까마귀를 잡아먹는 사람이 있다고 했다. 남자 정력에 좋기로 해구신에 맞먹기 때문이라는 거였다. 그러나 일본 사람들 앞에서 까마귀를 잡을 수는 없고, 내일 뱀이라도 한 마리 걸려라 하는 생각을 하며 신길만은 시름시름 잠으로 잠겨들었다.

신길만은 소란스러움을 느끼며 잠이 깼다. 한밤중에 보초를 서서 잠이 깊어졌던 모양이었다.

"그놈이 언제 도망친 거야?"

"어젯밤이라니까."

"어젯밤 언제?"

"그걸 누가 알아. 아무도 몰랐으니까 도망친 거지."

"도대체 보초들은 뭘 한 거야?"

"그러니까 1소대원들은 이제 죽었지."

"그런데 그 자식이 그냥 도망간 게 아니라 소대장 휴대품이
든 가방까지 훔쳐가지고 갔다면서?"

"그게 바로 못된 조센징 근성을 부린 거지 뭐야. 어쨌든 조
센징들은 믿을 것들이 못 돼."

그때 신길만은 누가 도망친 것인지 퍼뜩 깨달았다. 1소대에
하나 남아 있었던 조선 사람은 천일호였다.

'아, 그가 도망을 갔구나. 잘했다, 참 잘했다. 잡히지 말고
멀리멀리 도망가라. 제발 무사하게 도망쳐라.'

신길만은 마치 기도하듯이 간절하게 뇌었다. 소대원들이
'조센징, 조센징' 하며 조선 사람을 욕해대는 것은 귀에 들어
오지 않았다.

밥만 하루 한 끼로 허덕거리는 것이 아니었다. 이제 탄약도
달랑달랑해져가고 있었다. 이대로 가면 어차피 얼마 못 가 저
승객이 될 목숨들이었다. 어차피 죽을 목숨, 도망갈 결단을 내
린 천일호가 그렇게 장해 보일 수가 없었다.

그와 함께 갔더라면 얼마나 좋았을까…… 신길만은 허전하

게 하늘을 바라보았다. 그 푸르른 하늘에 어머니의 얼굴이 언뜻 스쳤다.

신길만은 소대원들의 곱지 않은 눈길 속에서 도망가고 싶은 간절함을 접었다. 이제 그 기회는 사라지고 말았다. 소대장은 밤에 보초도 세우지 않았다. 천일호가 보초를 서다가 도망간 탓이었다. 천일호가 자신에게 남겨놓고 간 선물인 셈이었다. 신길만은 혹시 그가 잡혀오지 않나 싶어 줄곧 마음이 조마조마했다.

소련군은 이틀 동안이나 공격해오지 않았다. 포성이 울리지 않는 초원은 적막했고, 하늘은 더욱 푸르렀다. 독수리떼와 까마귀떼는 포식한 것을 소화라도 시키려는 듯 가끔씩 그 푸른 하늘로 날아올라 빠르게 휘돌고, 느리게 맴돌고, 어지럽게 감돌면서 검은 군무를 추고는 했다. 그 검은 춤은 검은 바람을 일으키고 있었다. 그 검은 날갯짓들은 소련군의 살기를 실어와 이쪽에 뿌려대는 것처럼 불길했다. 새떼는 더 많이 포식하기 위해서 죽음을 부르는 저승춤을 추고 있는 것 같았고, 제멋대로 까욱까욱 울어대는 날카로운 울음소리들은 영락없는 장송곡이었다. 소련군의 포성이 울리지 않는 초원에서 새떼들은 포식과 비상의 행복을 만끽하고 있었지만, 일본군에게는 소련군이 공격해오지 않는 것이 휴식이 아니었다. 일본군의 긴 참

34

호에는 침묵 속에서 서로 눈 힐끔거리는 불안만 엇갈리고 있었다.

"이 새끼들이 보드카 잔뜩 퍼마시고 취했나."

"이 새끼들, 무슨 국경일이라도 맞이했나."

"이거 참 이상하네. 전쟁 그만 하겠다는 거야 뭐야."

"이게 무슨 일일까. 그냥 물러갈 리가 없는데."

오장과 소대장은 번갈아 이런 말을 해가며 서성거렸다.

그러나 소련군의 침묵은 오래가지 않았다. 소련군은 사흘째 되는 아침나절에 독수리떼와 까마귀떼처럼 몰려왔다.

"소대, 들어라. 오늘도 육박전이다!"

소대장이 닛본또를 뽑으며 외쳤다. 그의 얼굴도 초췌했다.

참호 벽에 몸을 밀착시킨 신길만은 똑바로 거총을 하려고 애썼다. 그러나 기운 빠진 팔이 떨리며 시야마저 어지럽게 흔들렸다. 총이 그렇게 무겁기는 처음이었다. 팔만 떨리고 있는 것이 아니었다. 다리까지 떨려서 몸을 가누기가 어려웠다. 전신이 돌덩이처럼 무거워 다리가 후들후들 떨리는가 하면, 온몸이 흐물흐물해지며 처져내리는 것 같기도 했다. 이래가지고 참호를 기어오를 수 있을지 의문이었다. 신길만은 기운을 차리려고 입술을 깨물며, 사람이 이렇게 죽어가는구나, 생각했다.

"소대에ㅡ, 포복 준비!"

신길만은 참호 위로 올라가려고 기를 썼다. 그러나 몸은 무겁고 둔하게 처져내렸다.

그때 옆에서 누가 굴러떨어졌다.

"미시마 이 새끼, 똑바로 못 해! 빨리 일어나, 빨리."

이시하라 오장이 소리치며 굴러떨어진 병사를 걷어찼다.

그 서슬에 신길만은 자신도 모르게 참호 위로 기어올랐다.

소련군 탱크들이 느리게 굴러오고 있었다. 신길만은 흐릿거리는 눈길로 탱크들을 바라보고 있었다. 탱크들은 다른 날과 달리 엄청나게 커 보이기도 하고, 갑자기 작아 보이기도 했다. 신길만은, 저 탱크들이 오늘 나를 죽일지도 모른다고 생각했다. 이상하게도 그 생각이 무섭지 않았다.

그런데 갑자기 뒤에서 총소리가 요란하게 울리기 시작했다. 신길만은 잘못 들었나 싶어 눈을 크게 뜨며 귀를 기울였다. 총소리는 분명 뒤에서 울리고 있었다.

"포위, 포위당했습니다!"

오장이 다급하게 외쳤다.

"뭐, 뭐라구!"

앞에 엎드려 있던 소대장이 벌떡 일어났다.

"포위당했어요."

"그럼 저건 몽골군이란 말이냐?"

"그런 것 같습니다."

"빠가야로!"

그때 후퇴 나팔 소리가 숨가쁘게 울리기 시작했다.

"후퇴! 후퇴하라! 후퇴!"

소대장은 울부짖듯 하며 후퇴, 후퇴에 맞추어 긴 칼로 허공을 난자했다.

탱크들이 불을 토하며 초원을 뒤흔들기 시작했다.

신길만은 참호로 굴러떨어졌다. 그는 숨을 헐떡거리며, 오늘로 끝장이구나, 생각했다. 가족들의 얼굴이 순식간에 스쳐 갔다.

양쪽에서 울리는 총소리와 대포 소리는 점점 가까워지고 있었다. 참호 안은 적막했다.

"소대원 들어라."

소대장이 적막을 깼다.

"제군들은 이미 교육받은 대로, 우리 용맹스러운 황군은 항복도 용납하지 않고, 포로가 되는 것도 용납하지 않는다. 오로지 용맹스럽게 옥쇄함으로써 천황 폐하께 충성을 바칠 뿐이다. 내가 먼저 옥쇄를 결행하겠다. 모두 깨끗하게 나를 따르라!"

소대장은 권총을 뽑아들었다.

"이시하라 오장!"

"옛!"

"내가 결행한 다음 책임지고 뒤처리를 하라."

"알겠습니다!"

"자아, 나는 먼저 간다. 그대들도 용감무쌍하게 나를 따르라."

소대장은 몇 안 되는 소대원들을 휘둘러보았다. 그리고 두 팔을 치뻗으며 목 터지게 외쳤다.

"천황 폐하 만세!"

다음 순간 총소리가 울렸다. 소대장의 몸뚱이가 돌기둥처럼 쿵 넘어졌다. 머리에서는 피가 터져나오고 있었다.

"보라, 소대장님께서는 장렬하게 옥쇄하셨다. 우리도 용맹스럽게 소대장님 뒤를 따라야 한다. 빨리 둘씩 짝을 지어라."

오장이 부하들을 휘둘러보며 빠른 손가락 지시를 했다.

부하들은 강한 자석에 끌리는 쇠붙이처럼 손가락의 움직임에 따라 신속하게 두 사람씩 짝을 이루었다. 신길만은 미시마와 짝이 되었다.

"다들 똑똑히 들어라. 모두가 천황 폐하 만세를 합창한 다음, 내가 하나, 둘, 셋, 구령을 하면 셋에 맞추어 서로의 심장을 동시에 찌른다. 알겠나!"

"넷!"

여러 사람의 대답이 하나로 터져나왔다.

"좋다. 모두 대검을 뽑아라."

소대원들은 육박전을 하려고 총에 꽂았던 대검을 뽑았다.

"됐어. 일 보 간격을 떼고 서로 마주 본다."

신길만은 꿇은 무릎을 세워 미시마와 마주보았다. 칼을 든 미시마의 손이 떨리고 있었다. 그런데 눈은 이상한 빛으로 변해 있었다. 그건 푸른 살기였다.

"총알 피해 댕겨라."

아버지의 말이 번뜩 스쳤다.

"하나, 둘……"

신길만의 입에서 뿌드득 이가 갈리고 있었다.

"셋!"

신길만은 상체를 피하며 발을 내질렀다. 배를 걷어차인 미시마가 푹 고꾸라졌다. 신길만은 눈을 질끈 감으며 미시마의 등을 내리찍었다. 두 번, 세 번, 마구 찍어댔다.

소대원들의 신음 소리가 차츰 가늘게 잦아들고 있었다. 그런데 양쪽에서 울리는 대포 소리와 총소리는 바짝 가까워져 있었다.

신길만은 어찌해야 좋을지를 몰라 이리저리 허둥거렸다. 어떻게 해야 항복한다는 뜻을 알리는 것인지 알 수가 없었다. 그냥 참호 위로 기어올라갔다가는 위험하기 짝이 없었다. 지금 참호 위로는 난사해대는 총알이 빗발치고 있었다.

어찌 됐든 무슨 신호를 보내야 될 것 같았다. 신길만은 한 가지 생각을 해냈다. 군복 상의를 벗어 총 끝에 걸어가지고 흔들어대자는 것이었다. 군인이 군복을 벗었으니 싸울 의사가 없다는 뜻이 되고, 폭이 넓은 군복 상의가 너풀거리면 금방 눈에 띄리라는 생각이었다.

신길만은 군복 상의를 건 총을 높이 들어 흔들기 시작했다.

'관세음보살, 관세음보살, 이게 항복 표시가 되어 저를 무사하게 해주십시오. 관세음보살님, 관세음보살님, 살펴주십시오, 살펴주십시오……'

눈을 꼭 감고 총을 흔드는 신길만의 뇌리에는 어머니의 모습이 선명했다.

얼마나 지났을까. 알아들을 수 없는 말들이 참호 위에서 들리고 있었다. 신길만은 눈을 치떠올렸다. 참호 위에서는 네댓 명이 총을 아래로 겨누고 서서 뭐라고 목청 높여 말하고 있었다. 신길만은 그들이 자신에게 무슨 명령을 하고 있다는 것을 깨달았다. 그들의 생김이 자신과 같다는 것을 확인한 순간 신길만은 이상한 안도감으로 총을 내던졌다.

"항복합니다, 항복. 살려주세요, 살려주세요."

신길만은 그들을 올려다보며 두 손바닥을 맞비벼 빌기 시작했다. 그의 눈에서는 눈물이 흘러내리고 있었다.

참호 위의 군인 하나가 뭐라고 소리치며 두 팔을 들어올렸다. 신길만은 자신에게 두 팔을 올리라는 것임을 알았다. 그는 두 팔을 번쩍 들어올렸다. 그러자 두 명이 참호로 뛰어내렸다.

두 군인은 민첩하게 신길만의 몸을 더듬어내렸다.

몸수색을 끝낸 군인들은 무슨 말인가를 하며 참호 위로 올라가라는 턱짓을 했다. 신길만은 몸을 솟구쳐올렸다. 그러나 마음과는 달리 몸은 참호 위로 솟지 못하고 중간쯤에서 도로 떨어져내렸다. 신길만은 다시 땅을 박찼다. 몸은 말을 듣지 않았다.

두 군인이 떠받쳐주어 신길만은 힘겹게 참호 위로 올라섰다. 총소리와 대포 소리는 들리지 않았다.

한 군인이 신길만에게 팔을 올리라는 몸짓을 해 보였다. 신길만은 군인이 한 대로 두 팔을 올려 두 손을 뒷머리에 붙였다. 그 군인은 앞으로 걸으라고 손짓했다.

신길만은 걸음을 떼어놓다가 군인들에게로 고개를 돌렸다.

"나는 일본 사람이 아니오. 나는 조선 사람이오, 조선 사람."

그의 목소리는 눈물에 젖어 있었다.

2. 소련군

진지에 도착한 몽골군은 신길만을 어느 천막으로 밀어넣었다. 안으로 들어서던 신길만은 깜짝 놀랐다. 일본군 대여섯 명이 웅크리고 앉아 있었던 것이다. 일본군이 다 죽지 않고 살아 있다는 것이 이상했다. 그러나 다음 순간 신길만의 머리에는 다른 생각이 떠올랐다. 그들이 일본 사람이 아니라 자신처럼 살아난 조선 사람인지도 모른다 싶었다. 조선 사람과 일본 사람은 겉모습만 가지고는 구분하기가 어려웠다. 말을 해야 비로소 뿌리가 확실하게 드러났다.

그러나 신길만은 그들에게 조선말로 말을 걸 수가 없었다. 잔뜩 겁먹은 얼굴의 그들은 서로 조금씩 떨어져 앉아 눈만 힐끔거리고 있었다. 언제 잡혀왔는지 모르지만, 그들은 그들끼리도 말을 나누지 않은 눈치였다.

신길만은 그들이 띄우고 있는 간격만큼을 띄워 한쪽 끝 사람 옆에 앉았다. 그들은 어찌 보면 전부 일본 사람 같기도 했고, 또 어찌 보면 전부 조선 사람 같기도 했다. 신길만은, 저들이 모두 조선 사람이라면 얼마나 좋을까, 생각했다. 모두 조선 사람이라면 그보다 더 큰 힘은 없었다.

그런데, 그들 중에 몇이라도 일본 사람이라면, 그들이 어떻게 살아난 것인지 이해가 되지 않았다. 같은 일본 사람끼리, 자신처럼 했을 것인가. 아니면, 짝이 된 자들이 서로 짜고 찌른 체한 다음 항복한 것일까. 서슬 퍼런 일본군의 그 기세를 생각하면 알 수가 없는 일이었다.

얼마쯤 지나 천막이 열렸다. 들어온 것은 일본군 포로가 아니라 몽골군 셋이었다. 그들은 총 대신 음식을 들고 있었다. 그들은 포로들 앞에 큰 음식 그릇 셋을 놓았다. 그리고 먹으라는 손짓을 하고 돌아섰다.

그들이 천막을 나가자 포로들이 우르르 음식으로 달려들었다.

"멈춰라. 나는 3대대 오장 하시모토다. 내 명령을 따라 질서를 지켜라."

낮지만 위압적인 목소리였다.

모두 엉거주춤해졌다. 신길만은 하시모토라는 자에게 눈길을 꽂았다. 순간적으로 어이없고 같잖다는 감정이 솟은 것이다.

"닥쳐라. 일본군은 패하고 없다. 명령은 무슨 명령이야. 나는 조선 사람이다."

신길만은 팔을 쭉 뻗어 검지손가락으로 하시모토의 눈을 겨누었다. 참고 참아왔던 일본군에 대한 적개심이 터져오르고 있었다. 그리고 상대방은 체구 작은 전형적인 일본인이었다.

"아니, 형씨가 조선 사람이라고요? 나도 조선 사람이오."

갑자기 터져나온 조선말이었다. 그리고 한 남자가 황급히 신길만 옆으로 다가왔다.

하시모토가 눈길을 떨구었다. 그를 따라 다른 사람들 고개도 꺾어졌다.

음식을 나눠 먹을 그릇은 따로 없었다. 젓가락도 없이 나무 숟가락만 음식 위에 놓여 있었다.

"자아, 배고픈데 먹읍시다."

신길만은 제일 먼저 숟가락을 들며 옆의 조선 남자에게 말했다.

"저어, 강명수라고 합니다."

그 남자가 고개를 꾸벅했다.

"아 예, 수인사는 이따가 합시다. 금강산도 식후경인데."

신길만은 씩 웃었다.

"그렇지요, 그렇지요. 난 배꼽이 등에 붙어버린 지 오래됐어요. 쪽발이놈들, 괜한 사람들 군대 끌어다가 이게 뭐요그래."

강명수는 혀를 차며 숟가락을 들었다.

신길만과 강명수가 음식을 떠넣기 시작하자 일본 사람들도 하나씩 슬금슬금 다가와 숟가락을 들었다.

그들 모두는 전혀 말이 없었다. 허겁지겁 음식을 퍼넣기에 정신이 없었다. 그대로 배곯은 짐승들이었다.

"이 사람들, 인심은 나쁘지 않네요."

숟가락을 놓고 물러나 앉으며 강명수가 말했다.

"그렇군요. 포로한테 고기까지 주고."

신길만은 입술을 훔치며 고개를 끄덕였다.

"여기 와서 고기라곤 구경을 못 했으니, 고기 맛본 게 반년 만인 것 같군요."

"그래요. 여기로 출발하기 직전에 얻어먹은 돼지비곗국이 끝이었으니."

"이렇게 인심 좋은 것 보면 우리도 괜찮겠지요?"

그때 몽골군이 들어왔다. 신길만과 강명수는 얼른 입을 다물며 눈길을 딴 데로 돌렸다. 몽골군은 아무 말 없이 그릇만

챙겨가지고 나갔다.

"참, 형씨 이름이 강……"

신길만은 아까 미뤄둔 수인사를 청했다.

"아 예, 강명수라고 합니다."

"예, 나는 신길만입니다."

신길만이 손을 내밀었다. 강명수가 어색하게 웃으며 신길만의 손을 잡았다. 그 '악수'라는 서양 인사법은 군대에 나와서 배운 것이었다. 강명수가 어색해하는 것처럼 신길만도 악수가 군화를 처음 신었을 때처럼 낯설고 서먹했다. 그러나 일부러 그 인사법을 쓰고 싶었다. 서로 외롭고 불안한 처지에 손을 맞잡아 마음을 합치자는 뜻을 전하려 함이었다.

"강형은 어떻게 잡힌 거요?"

신길만은 아까부터 가장 궁금한 것이 그것이었다. 자신이 행한 일이 무겁고 께름칙하게 남아 있기 때문이었다.

"예, 그게 뭐 좀 이상하게 됐어요. 재수가 좋았던 건지 어쩐 건지, 난 여기 오늘 온 게 아니라 사흘 전에 왔어요. 그러니까 그게 어찌 됐는고 하니, 시체 썩는 냄새가 어찌나 지독한지, 우리 소대 뒤에는 특히 시체가 많이 쌓여 있어서 숨을 쉴 수가 없을 지경이었어요. 왜냐면 우리 대대장이 우리 대대 전사자들을 다 거기다 모아놓게 했거든요. 한꺼번에 파묻어줘야 한다고요. 그런데 구덩이 팔 틈은 없지, 전사자는 매일 늘어나지, 그럴수록 냄새는 더 지독해지지, 그러니까 생각해낸 것이 한꺼번에 화장시키는 것이었어요. 그렇지만 그 많은 시체들을 화장시키자니 장작이 있어요, 뭐가 있어요. 그래서 우리 소대에 석탄을 구해오라는 명령이 떨어졌어요. 헌데, 석탄 있는 데가 어디겠어요. 몽골군 진지잖아요. 호랑이 굴로 들어가라는 건데, 어쩌겠어요. 군대 명령인데. 겨우 일곱 남은 소대원 전부가 밤에 특공대로 나섰어요. 몽골군 진지에 가까워져서 나는 생각했어요. 이때 도망가지 않으면 더 기회는 없다. 식량도 떨어져가고, 탄약도 떨어져가고, 개죽음당할 건 뻔한데 도망가자, 하는 생각밖에 없었어요. 참호에서 죽으나, 몽골군에게 죽으나 죽기는 매일반이니까 일을 저지르기로 했지요. 그래서 캄캄한 어둠 속으로 내뺐어요. 어둠 덕 톡톡히 본 거지요. 그리고 이튿날 아침 일찍 몽골군 부대로 손들고 갔어요."

강명수는 좀 창피스러운 기색으로 웃음지었다.

"참 잘했어요. 나는 몽골군 쪽으로 정탐을 나갔다가 체포됐어요."

신길만은 이렇게 한마디로 말했다. 자신이 한 일이 조선 사람끼리는 무용담이 될 수도 있을지 모르지만, 그 말을 아무에게도 하고 싶지 않았다. 미시마의 처절한 비명과 꿈틀거리며 경련을 일으키던 몸뚱이가 눈앞에 너무 선명했다.

하시모토는 풀 죽어 앉아 있었고, 다른 일본군들은 꾸벅꾸벅 졸고 있었다. 배를 채운 다음 졸고 있는 그들의 모습은 천상 거지꼴이었다.

어두워져도 몽골군은 더 나타나지 않았다. 그들은 하나 둘씩 쓰러져 잠이 들었다.

참호를 벗어나려는데 누가 뒷덜미를 잡아챘다. 뒤를 돌아보니 미시마였다. 그는 입에서고 가슴에서고 피를 흘리고 있었다. 그를 걷어찼지만 떨어지지 않았다. 또 걷어찼지만 더 바짝 다가들었다. 주먹으로 쳐도 소용이 없었다. 그런데 이상한 일이 벌어졌다. 자신이 차고 칠 때마다 미시마의 몸이 커지고 있었다. 미시마의 몸이 두 배쯤 커지더니 자신을 불끈 들어 패대기를 쳤다. 재빨리 일어나려는데 미시마가 자신을 깔고 앉았다. 발버둥을 쳤지만 빠져나올 수가 없었다. 그런데 미시마가 자신의 얼굴에 피를 확 내뿜었다. 그리고 칼을 번쩍 치켜들었다. 미시마는 자신의 온몸을 찌르기 시작했다.

신길만은 강명수가 흔들어 깨워서 잠을 깼다.

"왜 그래요, 정신 차려요. 험한 꿈을 꿨나보지요?"

강명수가 때에 전 손수건을 내밀었다.

"예에……, 예에……"

신길만은 손수건을 받아들어 이마를 훔쳤다.

"하도 심하게 소리를 질러서 내가 깨웠어요."

"예에, 그간에 험한 꼴을 너무 많이 당해서……"

"아니, 저 하시모토를 한 방에 꼼짝 못 하게 한 배짱이신데……"

강명수가 고개를 갸우뚱했다.

"글쎄, 나도 잘 모르겠소."

신길만은 머리를 흔들어댔다. 무슨 진한 즙처럼 꿈의 잔상이 끈적하고 물컹하게 남아 있었다. 그러나 그 느낌은 꿈의 잔상이 아니었다. 그것은 미시마를 마구 찔러댈 때, 살아 있는 사람의 육신을 파고들던 대검의 감각, 살아 있는 근육층이 찢기면서 일으키던 경련이 팔을 타고 오르던 그 섬뜩함이었다. 그 몸의 기억은 시간이 갈수록 선명하고 명료하게 살아나고 있었다. 총을 많이 쏘고, 수류탄도 많이 던졌지만, 사람을 그렇게 직접 찔러 죽인 것은 처음 일이었다.

날이 밝자마자 열서너 명이 더 잡혀왔다. 신길만은 신경을 썼지만 그 속에는 조선 사람이 없었다. 신길만은 왠지 서운했고, 은근히 신경이 쓰이기도 했다. 갑자기 그들의 수가 불어나면서 하시모토의 태도가 달라질 수 있었다. 그러나 하시모토나 다른 일본군 포로들은 하나같이, 잔뜩 겁에 질려 꼬리를 뒷

다리 사이로 감추며 비실거리는 개의 꼴과 다를 것이 없었다. 고개를 떨구고 눈을 힐끔거리는 그들은 서로서로 멀리하고 싶어하는 것 같은 기색이었다. 그들은 이제 한 덩어리로 뭉친 일본군이 아니라 하나, 하나 외따로 떨어져 있는 섬이었다.

신길만은 그 이유를 곧 알아차렸다. 그들은 항복을 하거나 포로가 되어서는 안 된다는 일본군의 불문율을 어긴 죄지은 마음에 억눌려 있는 것이었다.

이틀이 지나 몽골군은 이동을 시작했다. 포로들은 트럭에 실렸다. 트럭에 실리면서 신길만은 포로가 자신들만이 아니라 훨씬 더 많다는 것을 알았다. 한 트럭에 삼십 명씩 탔는데, 포로들이 탄 트럭은 모두 다섯 대였다. 그들은 수많은 천막 그 어디에 갇혀 있었던 것이다.

길이 나빠 트럭은 제멋대로 흔들리고 들뛰고 요동치며 어디론가 한정도 없이 달려가고 있었다. 포장을 둘러친 트럭 안은 어둠침침했다. 포로들은 그 속에 빼곡하게 붙어앉아 서로 부딪치고 엉덩방아를 찧어대면서도 그저 벙어리였다. 몇 시간을 달렸는지 트럭들이 멈추어 섰다. 단체로 소변을 보는 시간이었다.

"그냥 오줌을 갈겨대기는 이 넓은 풀밭이 최고네요."

오래 말을 못 해 갑갑했다는 듯 강명수가 입을 뗐다.

"글쎄요, 그렇기도 하군요."

신길만은 먼 눈길을 보낸 채 시름없이 대꾸했다. 초원은 약간 변해 저 멀리 나지막한 산줄기가 부드러운 곡선으로 이어져나가고 있었다.

"이리 가다보면 우리들 고향하고는 자꾸만 멀어지는 거겠지요?"

강명수의 목소리가 그늘져 있었다.

"……아마, 그럴 것 같소."

"이거 참, 우리 신세가 어찌 될라는지……"

"……"

그건 자신의 가슴에도 가득 차 있는 불안이라 신길만은 먼 하늘만 망연히 바라보고 있었다. 시리도록 고운 쪽빛 하늘에 새하얀 뭉게구름들이 뭉클뭉클 피어나고 있었다. 뭉게구름덩이들이 지어내는 여러 형상들 중에 어머니의 얼굴이 있었고, 아버지의 얼굴이 있었고, 동생들의 얼굴이 있었다.

"신형은 애가 몇이오?"

강명수가 뚜벅 물었다.

"아니, 애가 있소?"

신길만은 비로소 강명수를 눈여겨 바라보았다.

"예, 계집애가 하나고, 또 하나는 배에 든 걸 보고 왔어요.

헌데, 신형은 없는 거요?"

"난 애초에 마누라가 없었어요."

"그래요? 그거 참 상팔자요. 난 어찌나 눈에 밟히는지."

강명수는 말끝이 흐려지며 마른 코를 들이켰다.

"힘냅시다. 살아 있으면 언젠가는 고향에 가게 될 거요."

신길만은 일부러 목소리에 힘을 넣어 말했다. 강명수에게만이 아니라 자신의 몫으로도 그 말을 해두고 싶었다. 갑자기, 그 말을 못박아두어야만 고향에 돌아갈 수 있을 것 같은 생각이 들었던 것이다.

몽골군 두 명이 아무 표정 없는 얼굴로 트럭에 빵과 물을 실었다. 설명이 필요 없이 점심이었다. 트럭이 다시 흔들리며 달리기 시작하자 그들은 빵 하나씩을 집어들었다. 제멋대로 뛰고 들까부는 차에 조리질당하면서도 그들은 그저 열심히 빵을 씹었다.

물통까지 말끔하게 비운 그들은 차에 흔들리며 졸고, 졸다가 서로 머리를 부딪치고, 아픈 데를 매만지다가 또 졸았다. 차가 다시 멈추어 섰다. 쉴새없이 요동치는 차에 시달리느라고 지친 포로들은 두번째 소변을 보려고 내렸다.

설핏해진 해는 긴 그림자를 드리우고 있었다. 신길만은 낯선 땅에 드리워진 자신의 긴 그림자를 바라보며 불현듯 밀려

드는 슬픔을 느꼈다. 눈앞에는, 집집마다 저녁밥 짓는 연기가 푸르게 피어오르는 석양 무렵의 고향 마을이 떠오르고 있었다. 그리고 어디에선가 자신의 이름을 부르는 어머니의 길고 따스한 목소리가 감감하게 들리고 있었다.

또 빵과 물통이 실리고 트럭이 출발했다. 그들은 다시금 말 한마디 없이 빵 먹는 일에만 열중했다. 오래 굶주림에 시달려온 그들은 포로 신세로 한 끼에 빵 하나씩이라도 얻어먹는 것에 감지덕지하는 눈치였다.

몇 시간을 달리던 차가 다시 정거했다. 달이 중천에 뜬 한밤이었다. 그들은 세번째 소변을 보고 곧바로 차에 실렸다. 그러나 차는 더 달리지 않았다. 몽골군들도 자야 할 시간이었다. 포로들은 밤의 냉기를 이기려고 움츠린 몸을 서로서로 다붙이며 잠이 들었다.

날이 밝자 빵과 물통이 또 차에 실렸다. 그리고 트럭들은 울퉁불퉁한 대초원의 길을 다시 달리기 시작했다.

그렇게 사흘을 달렸다. 그들이 사흘째 저녁에 트럭에서 내렸을 때 밤은 깊어 있었다. 어둠을 밝히고 있는 불빛들은 반딧불처럼 연약하고 흐렸다. 그러나 그곳이 막막한 초원이 아니라 많은 사람들이 모여 사는 도시라는 것을 그들은 이내 알아차렸다. 줄곧 긴장되어 있는 그들의 육감은 곤충의 더듬이를 무색하게 할 정도로 예민해져 있었다.

그들은 몽골군을 따라 침침한 어둠 속을 더듬거리며 어느 건물로 들어갔다. 그들은 넓은 마룻바닥에 배고프고 지친 몸을 부렸다. 그들은 행여나 하고 몽골군을 기다렸다. 그러나 몽골군은 다시 나타나지 않았다. 그들은 하나 둘씩 잠들기 시작했다. 먼저 잠든 사람들의 코 고는 소리가 점점 드세지고 있었다.

그들은 이튿날 새벽 어스름이 스러지기도 전에 잠들을 깼다. 심한 배고픔의 괴로움은 잠도 깊이 들지 못하게 했다. 그들은 음식 오기만을 기다리며 퀭한 눈들을 껌벅거리고 있었다.

아침식사가 끝나자마자 조사가 시작되었다. 몽골군이 포로한 사람씩을 데려갔다. 처음에 포로들은 긴장했지만, 앞서 간 사람들이 오래 걸리지 않고 돌아와 하는 말을 듣고 긴장을 풀게 되었다.

신길만은 조심조심 조사실로 들어섰다. 조사관 셋이 정면에 앉아 있었다. 가운데 조사관이 의자에 앉으라고 손가락으로 지시했다. 그 사람은 소련 사람이었다. 그리고 양쪽 두 사람은 몽골 사람이었다.

"어느 나라 사람인가?"

소련 사람의 말을 받아 그의 왼쪽에 앉은 사람이 일본말로
물었다.

"조선, 조선 사람입니다."

신길만은 마음이 급해서 말이 씹혔다. 일본 사람이 아니라
는 것을 분명히 하고 싶었다. 그런데 조선 사람이라는 사실을
일본말로 대답해야 하는 것이 비감하고 서글펐다.

"아니, 조선 사람이라고요?"

통역이 조선말로 물었다.

"예에!"

상대방이 느닷없이 조선말을 하는 바람에 신길만은 깜짝 놀
라고 말았다. 그 사람이 일본말을 할 줄 아는 몽골 사람이라고
만 생각했던 것이다.

"그럼 일본말로 대답할 것 없어요."

이렇게 말하는 그 사람의 얼굴에 보일 듯 말 듯한 웃음이 순
간적으로 스치고 지나갔다.

"예에, 알겠습니다."

신길만은 자신도 모르게 고개를 꾸벅해 인사를 했다. 그 사
람이, 이름도 모르는 그 사람이 그렇게 반갑고도 고마울 수가
없었던 것이다. 같은 조선 사람이라는 것이 이렇게 밝은 햇살
이 쏟아지는 것처럼 마음 환해지고, 가슴이 뜨겁게 울렁거리

도록 반가운 것은 난생처음이었다. 그리고 무엇이 고마운지 모르면서도 그저 고맙고, 고마웠다. 그 사람이 틀림없이 이 곤궁에서 구해줄 것만 같은, 그가 모든 어려움을 해결해주리라는 믿음이 고마운 마음을 일으키고 있었다.

"이름이 뭐요?"

"예, 신길만입니다."

통역을 맡은 조선 사람은 옆의 소련군 장교에게 신·길·만을 또박또박 발음하고는 종이에 무엇인가를 써서 보여주었다.

"나이는?"

"스무 살입니다."

"고향은?"

"충청남도 서산입니다."

"계급은?"

"상등병입니다."

"됐소. 돌아가시오."

그 사람은 신길만과 눈길을 마주쳤다. 그리고 고개를 까딱했다.

신길만은 조사실을 나서며 새롭게 솟는 고마움을 느끼고 있었다. 그 눈길과 고갯짓은 말이 통하는 사람끼리 나누는 위로고 정이었다. 사람끼리 말이 통한다는 게 얼마나 소중하고 중대한 것인지 신길만은 이번에 절실히 깨달았다. 사람이 서로 말이 통하지 않으니 그건 사람과 사람 사이가 아니었다. 서로의 마음이 통하지 않으니 사람과 짐승 사이나 같았고, 서로 아무 감정도 통하지 않는 바윗덩어리와 다를 것이 없었다. 사람끼리 말이 통해야 하는 것은 사람이 하루 세 끼 밥을 먹어야 하는 것처럼 중대한 일이었다.

신길만은 거처로 돌아와서도 그 사람 생각에만 빠져 있었다. 그 사람은 어떻게 해서 이런 곳에 와 있을까? 어떻게 해서 소련말도 하고, 일본말도 척척 할 수 있는 것일까. 조선말까지 하면 세 나라 말이 아닌가. 무슨 재주가 그런 재주가 다 있는가. 그런데 그 사람은 몽골 편이기보다 소련 편인 것 같은 눈치였다. 어떻게 조선 사람이 일본 편이 아닌 소련 편이 되었을까. 생각할수록 모를 것이 많은 사람이었다.

"봤지요, 봤지요? 우리 조선 사람이 있는 거. 알았으면 미리 말을 해주지 그랬어요. 어찌나 놀라고, 반갑든지. 지금까지도 가슴이 두근두근해요."

조사를 받고 돌아온 강명수가 흥분한 어조로 말했다. 까칠한 그의 얼굴에는 생생한 생기가 돌고 있었다.

"강형이 바로 조사를 받으러 들어가서 말할 틈이 없었잖아요. 나도 아주 놀랐어요."

신길만은 강명수의 마음을 헤아리며 정답게 웃음지었다.

"그 양반이 어떻게 우릴 도와주겠지요?"

강명수는 기대에 찬 눈길로 마른침을 삼켰다.

"글쎄요, 나도 그러기를 바라는데, 어디 두고 봅시다."

조사는 점심을 먹고 나서까지 계속되었다. 일본 사람들은 조사를 받고 돌아오면 더 풀이 죽고 불안해하는 기색이었다.

저녁을 먹고 나자 이상한 수군거림이 번지고 있었다. 포로들 중에 장교가 몇 명 있다는 것이었다.

장교가 있다니! 신길만은 통역이 조선 사람인 것을 알았을 때처럼 놀랐다.

"저게 무슨 소리지요? 장교들이 포로가 되다니."

강명수도 놀라서 어리둥절했다.

"글쎄 말이오, 알다가도 모를 일이오. 옥쇄할 기회를 놓친 것인지 어쩐지······"

신길만은 믿을 수 없어 고개를 갸우뚱갸우뚱했다.

"에이, 기회를 놓치긴요. 아무리 화급한 형편이라 해도 권총 방아쇠 당길 짬이 없나요. 제아무리 황군 장교라고 해봤자, 사람이잖아요. 사람이니까 살고 싶었던 거겠지요. 장교들 중에도 마음 약한 사람들이 있을 테니까요."

강명수의 말은 이렇듯 간단했다.

그 말은 맞는 것 같기도 했고, 틀린 것 같기도 했다. 자신의 마음을 비춰보면 맞는 것 같았고, 결기 드센 황군 장교라는 것을 생각하면 틀린 것 같기도 했다. 신길만은 무엇이 무엇인지 종잡을 수가 없었다. 분명한 것은 포로들 중에 장교들이 있다는 사실이었다.

그런데 일본군들 사이에 이상한 변화가 일어났다. 장교들이 있다는 사실이 퍼지면서 그들이 약간이나마 기운을 차리는 것 같은 기색이 감돌고 있었다. 사병들은 의지할 데가 생긴 동시에, 자기들의 죄가 좀 가벼워지는 것을 느낄 수도 있는 일이었다.

포로들은 사흘이 지난 새벽에 다시 트럭에 실렸다. 그들은 자기들이 며칠 머물렀던 곳이 몽골의 수도 울란바토르라는 것을 겨우 알았을 뿐, 또다시 어디로 옮겨가는지는 알 도리가 없었다.

길은 여전히 나빠 트럭은 쉴새없이 어지러운 춤을 추어댔다. 빼곡하게 붙어앉은 포로들은 이리 쏠리고 저리 쏠리며 키질을 당하는 알곡 꼴이 될 수밖에 없었다. 그렇게 휘둘리고 부대끼다보니 멀미가 일어났다.

"나 토할 것 같애."

다급한 일본말이었다.

"뭐라구?"

"토할 것 같다니까."

"참어, 꾹 참어. 여기서 토하면 큰일이잖아."

"그래, 차를 세워달라고 할 수도 없고. 참으라구, 꾹 참어."

당황한 말들이 이어졌다.

"우왝!"

그러나 그만 토하는 소리가 터졌다.

"아이쿠 이거!"

"비켜, 비켜!"

놀란 외침과 함께 웩웩거리는 소리가 뒤섞이고 있었다. 그리고 토하물을 피하려는 밀치기 파동이 사방으로 퍼졌다. 차의 흔들림과는 다른 그 파동을 느끼며 신길만은 토하는 사람이 먼 것을 다행으로 여기고 있었다.

"에이 더러워. 내 옷에 다 묻었잖아."

"내 옷 봐, 이거. 칙쇼(개새끼)!"

"아휴, 이 냄새!"

시큼하면서 쿠린 토하물 특유의 고약한 냄새가 금세 차 안에 퍼졌다.

"아이구, 저 냄새 맡으니까 나도 속이 뒤집혀 토할 것 같네."

강명수가 얼굴을 찡그리며 손바닥으로 코와 입을 틀어막았다.

"숨을 입으로만 쉬어요. 냄새 계속 맡으면 토할 수 있어요."

신길만도 코를 막으며 말했다. 그는 비위가 상해 속이 메슥거리는 것을 느끼고 있었다.

"뭘 하고 있어. 빨리 닦아내야지!"

저쪽에서 터지는 고함이었다.

"뭐……, 뭐……, 닦을 게 있어야지."

주눅 든 목소리였다.

"아, 옷이라도 벗어서 빨리 닦아. 하루 종일 이대로 두고 갈 거야!"

다른 사람의 화 뻗친 외침이었다.

"알았어, 알았어."

다행히, 몇 시간을 달려온 차는 얼마 가지 않아 멈추어 섰다.

어느새 길이 든 포로들은 차에서 내리자마자 바지 앞단추를 끄르기에 바빴다. 허리가 휘도록 아랫배를 내밀며 소변을 보고 있는 그들은 서로서로 아무런 부끄러움이 없었다. 그건, 남자들끼리 모이면 으레 드러나는 수컷의 근성 때문만은 아니었다. 그들은 거친 군인생활을 거쳤고, 앞길이 불안에 싸인 포로 신세들이었다.

소변을 마친 그들은 여기저기 풀섶에 주저앉았다. 차에 시달려 서 있을 기운도 없지만, 호송하는 군인들의 경계하는 눈길을 덜 느낄 수 있었다.

그런데 갑자기 이상한 일이 벌어졌다. 어떤 군인 하나가 그들을 향해 무슨 무기를 겨누었다. 그들은 화들짝 놀랐고, 어느 포로 하나는 벌떡 일어나며 두 팔을 치켜올렸다. 그 바람에 한 무리를 이루고 있던 삼십여 명이 한꺼번에 몸을 일으키며 항복하는 자세를 취했다.

그러자 그 알 수 없는 무기를 눈앞에서 치운 군인은 환하게 웃는 얼굴로 무슨 말인가를 하며, 왼손을 내젓고, 앉으라는 손짓을 하고는 했다. 그 군인이 몽골군이 아니라 소련군인 것을 그들은 알아보았다. 그 회색 눈의 백인은 연상 앉으라는 손짓을 하고 있었다. 그때 몽골군 두 명이 달려와 총끝을 휘두르며 앉으라고 지시했다. 엉거주춤해 있던 그들은 앉을 수밖에 없었다.

소련군은 그 이상한 무기로 다시 그들을 겨누었다. 한 번만이 아니었다. 그는 이쪽저쪽으로 분주하게 옮겨다니며 그 무기를 겨누었다. 그런데 그때마다 그 작고 네모난 무기에서는 가늘고 부드러운 소리가 들릴락 말락 나고는 했다. 그러나 그 연약한 소리는 아무리 귀를 세워도 귓속에 분명히 새겨지지

않았다. 아, 저것이 들고 다니는 사진기가 아닐까……, 신길
만은 어렴풋이 짐작했다.

대여섯 번 자리를 옮겨다닌 그 소련군은 다른 포로들 쪽으
로 돌아섰다.

"저게 휴대용 사진기다."

누군가가 불쑥 말했다. 이 일본말에 아니라고 나서는 말은
없었다. 그들은 뒤늦게 침묵으로 동의하고 있었다. 그들 중에
사진기를 모르는 사람은 없었다. 그들은 군인이 되면서 적어
도 서너 차례는 사진을 찍었던 것이다. 그러나 그들이 보아온
사진기는 긴 다리가 셋 달린 큼직한 것이었다.

"참 이상한 사진기도 다 있소. 사진기를 손에 달랑 들고 다
니다니."

강명수는 믿지 못하겠다는 얼굴이었다.

"글쎄 말이오. 참 신기한 세상이오."

신길만은 멀리서 사진을 찍고 있는 그 군인을 정말 신기한
눈길로 바라보고 있었다.

"이 사람들, 이동할 때는 또 빵 하나씩이로군. 이놈의 빵은
밥하고는 달라서 속이 쓰리고, 똥이 굳어져요. 우리 조선 사람
들 속에는 그저 밥이 들어가야 하는데……"

강명수가 빵을 되작거리며 쓴 입맛을 다셨다.

"그래요, 쌀밥에 김치를 먹어야 속이 편하지요. 허나 어쩌겠소. 이거라도 꼭꼭 씹어 먹읍시다."

신길만은 쓸쓸하게 웃으며 강명수를 바라보았다.

"예, 그래야지요. 살아서 고향에 가야 하니까요."

강명수가 빵을 덥석 물어뜯었다.

또 그렇게 트럭들은 나흘 동안을 달렸다.

여독에 지칠 대로 지친 그들은 밤이 깊어서야 트럭에서 내렸다. 그들이 밀려들어간 곳에는 흐린 불빛 아래 이층으로 된 나무침대들이 설치되어 있었다. 그리고 그들에게 총 끝으로 지시하고 있는 군인들의 얼굴 생김이 달라져 있었다. 그들은 자기네가 소련땅에 와 있다는 것을 알았다.

"여기가 쏘련이면 우리나라하고는 더 멀어진 거지요?"

강명수가 불안한 눈길로 속삭였다.

"그런 것 같소."

신길만의 대꾸가 침울했다.

"이렇게 자꾸 멀어지면 이거 어찌 되는 거지요?"

"글쎄요……, 두고 봅시다."

"그 통역하던 조선 사람은 우리하고 같이 여기 왔을까요?"

"글쎄 말이오……"

"큰일났네. 왔어야 하는데."

강명수가 손을 맞비비다가 얼굴을 훔치다가 했다.

신길만은 강명수를 물끄러미 바라보았다. 강명수가 물었던 말은 자신도 누구에겐가 물어보고 싶은 말이었다.

이튿날이 밝아서야 그들은 그곳이 소련의 포로수용소라는 것을 알았다. 굵은 통나무로 지은 막사 앞에는 몸집 큰 소련군들이 총을 들고 화가 난 것 같은 뚱한 얼굴로 서 있었다.

또 물과 빵 하나로 아침을 때우고 나자 막사 재배치가 시작되었다. 막사 하나에 이백 명이 들어찼다. 다른 포로들을 합해 이백 명 정원을 채운 것이었다. 그리고 새로 조사가 시작되었다.

첫 사람이 불려나갔다. 막사 안은 사람이 하나도 없는 것처럼 조용하기만 했다. 그들은 자기네 스스로 만들어내고 있는 침묵 속에 깊고 무겁게 잠겨들고 있었다. 몽골에서 조사를 받을 때도 긴장하긴 했지만, 이렇게까지 얼어붙지는 않았었다. 사람들의 외모가 달라진 소련이라는 나라는 그들에게 그렇게 달랐다.

그런데 또 달라진 것이 있었다. 첫번째 나간 사람이 몽골에서처럼 쉬 돌아오지 않았다. 그들은 그 지루함을 견디느라고 몸이 비비 꼬이고 숨이 가쁠 지경이었다. 그리고 지루한 시간은 긴장과 불안을 서서히 공포로 변화시키고 있었다.

첫번째 사람이 핏기 없는 얼굴로 풀 죽어 돌아왔고, 두번째 사람이 불려나갔다.

막사 문이 닫히자 사람들이 첫번째 사람에게로 우르르 몰려갔다.

"얻어맞았소?"

낮고 빠른 소리였다.

"아니오."

"다른 고문 같은 건?"

"안 했어요."

"근데 왜 이리 늦었소?"

이 사람, 저 사람이 서로 먼저 물으려고 부산스러웠다.

"이것저것……, 꼬치꼬치 묻는 게 너무 많아요."

"뭘 그리 많이 물어요? 장교도 아닌데."

"대답하기 곤란한 것도 있어요?"

"예."

"그게 뭐요, 대체."

"글쎄, 그러니까 그게……, 어떻게 포로가 됐느냐는 것도 그렇고, 일본군에 돌아가면 어떤 취급을 받게 될 것 같으냐는 것도 그렇고……"

그 사람은 새삼스럽게 기분이 나빠지는 듯 얼굴을 찌푸렸다.

"그것 참, 고약한 걸 묻고 그러네."

"그러게 말야. 우리가 제일 싫어하는 것만 골라서 묻는군."

일본군들의 얼굴이 일그러지고, 침통한 기색이 진해졌다.

포로들의 조사는 전혀 빨라지는 기미를 보이지 않았다. 그들은 침침한 막사에 갇혀 지루하기 그지없었지만, 처음의 긴장과 불안에서는 많이 풀려나 있었다. 때리거나 고문하지 않는다는 것에 그들은 일단 안도할 수 있었던 것이다. 그러나 그런 식으로 조사가 더디게 진행되면 앞으로 며칠이 걸릴지 알수 없는 일이었다. 그들 중에서 그래도 이야기를 속닥거리는 것은 이미 조사를 받고 온 사람들이었다.

햇빛이 들지 않는 막사는 기차처럼 길었다. 창문이 있었지만 판자 덧문을 닫아버려 막사 안에는 침침한 어둠이 차 있었다. 가운데 긴 통로 양쪽으로는 이층침대들이 줄지어 있었다. 그리고 이층침대는 두 개씩 옆구리를 붙여 한 쌍을 이루고 있었다. 그 긴 통로의 한쪽이 정문이었고, 변기통이 놓여 있는 간이변소는 정문의 반대쪽 끝에 있었다. 통로를 조심조심 오가는 사람들은 그 변소 출입자들이었다.

신길만은 오래 참다가 변소를 갔다. 변소로 들어선 그는 그만 코를 싸쥐었다. 변소에서는 악취가 진동했다. 똥오줌이 뒤섞인 커다란 변기통에 비해 밖으로 가시철망이 쳐진 통풍구는

너무 작았다. 아침에 소변을 볼 때는 냄새가 이렇게 지독하지
는 않았었다. 신길만은 마침내 포로 신세라는 것을 절감했다.
몽골에서는 임시라서 그랬던지 변소가 따로 떨어져 있었고,
냄새도 그저 코에 익은 보통 변소 냄새였던 것이다. 신길만은
언제까지 이렇게 살아야 하는 것인지 막막한 심정으로 서둘러
볼일을 보고 변소를 나왔다.

"아니 저……, 신, 신상등병 맞지요?"

침대 대여섯 개를 지나치고 있을 때였다. 뜻밖에 조선말이
들려왔다. 신길만은 퍼뜩 고개를 돌렸다.

"아니, 아니……"

신길만은 놀람과 반가움으로 말이 엉키고 있었다.

"나요, 나. 1소대 천일호."

넘치는 반가움에 상대방의 목소리가 크게 울렸고,

"아이고, 천상등병! 살아 있었군요, 살아 있었군요."

침대 옆으로 바짝 다가서고 있는 신길만의 목소리는 더욱
컸다.

"아이고, 이렇게 만나다니. 정말로 반갑소."

천일호는 침대 이층에서 뛰어내리며 두 팔을 벌렸다. 신길
만도 팔을 활짝 벌려 천일호를 얼싸안았다.

"그래요, 그래요. 반갑고 또 반갑소."

"세상에, 이렇게 반가운 일이 어디 또 있겠소. 됐소, 이젠 됐소."

억제할 수 없는 반가움에 실린 그들의 조선말은 거침없이 막사 안에 퍼져나가고 있었다.

"어떻게 이리 무사했소?"

신길만은 포옹을 풀고 천일호를 쳐다보았다.

"그 얘기는 좀 이따가 하고, 먼저 우리 조선 사람부터 찾아보는 게 어떻겠소? 난 진작부터 그러고 싶었지만, 혼자라서 눈치만 보고 있었소."

천일호의 말이었다.

"그것 좋소. 우선, 저기 나하고 함께 있는 사람이 하나 있어요." 신길만은 자기 자리 쪽을 가리키며 고개를 돌리다가, "아니, 저기 오고 있네요. 예, 우리 목소리를 듣고 오는 모양입니다" 하고 말했다.

과연 강명수가 이쪽으로 부산하게 걸어오고 있었다.

"우리 조선 사람이 또 있소? 목소리 듣고 쫓아오는 길이오."

강명수가 설레는 얼굴로 말했고,

"예, 잘 왔소. 그러잖아도 막 부르러 가려던 참이었소."

신길만이 천일호에게 강명수를 소개하고, 강명수와 천일호가 수인사를 나누고 하면서 조선말은 더 생기를 타고 왁자해

졌다. 그러나 그들의 말을 시끄러워하는 일본말은 그 어디에
서도 들리지 않았다. 그 많은 일본군들은 두 동강 나버린 닛본
또였다. 닛본또는 날이 어찌나 시퍼렇게 날카로운지 그 위에
머리카락을 살짝 올려놓고 입으로 훅 불면 그 머리카락이 사
르르 잘린다는 칼이었다. 그 명성을 입증하듯 닛본또는 사람
들의 목을 단칼에 잘라 머리통을 땅에 떨구어버리는 일본군의
상징이었다. 그러나 포로가 된 일본군들에게 그런 기상은 씻
은 듯이 사라지고 없었다. 몇 년 전부터 조선말은 조선땅에서
도 쓸 수가 없게 되었다. 집 밖에 나와서 쓰면 들키는 대로 형
사나 순사들에게 잡혀갔다. 어린 아이들도 학교에서 동무들하
고 놀며 얼핏 조선말을 했다가는 체벌을 당하거나, 벌청소를
하기가 일쑤였다. 그러나 그들은 소련땅에 이르러 조선말을
맘껏 할 수 있는 자유를 누리고 있었다.

그런데 그들이 놀랄 일이 벌어졌다. 조선말을 듣고 온 것은
강명수만이 아니었다. 셋이 이야기를 나누는 동안 여기저기서
사람들이 모여들기 시작했다. 신길만과 천일호가 따로 찾으러
나서고 어쩌고 할 것이 없었다. 그렇게 모인 사람이 모두 열한
명이었다. 그들은 서로서로 손을 마주 잡는 순간에 십년지기
가 되고, 한 덩어리가 되었다.

소련군들은 포로를 오십 명씩 한 조로 식당으로 인솔했다.

식당에서 받은 건 국 한 그릇과 빵 하나씩이었다.

"아휴, 따끈한 국물이 있으니까 살겠네. 이거, 따끈한 국물 먹어본 지가 언제야그래."

강명수가 김 피어오르는 국을 숟가락으로 저으며 차지게 입맛을 다셨다.

"그러게 말이오. 이것들이 된장국에 김치, 쌀밥이었다면 얼마나 좋겠소. 김치 못 먹은 지가 언제인지 원."

천일호가 혀를 찼다.

"그 말 들으니 가슴 미어지고 눈물 나네요. 고향에서는 우리가 이런 꼴이 되어 있는지 꿈엔들 알겠어요."

다른 사람이 말을 이었다.

신길만은 듣기만 하며 국물을 입에 떠넣었다. 비린내가 풍기면서 짭짜름한 국물은 입에 맞지 않았다. 된장국과 김치 이야기를 들어서 더 그런지도 몰랐다. 그러나 그 따끈함이 맹물보다는 훨씬 나았다. 딱딱하고 뻣뻣한 빵을 찢어 뜨거운 국물에 적시면 한결 부드러워질 거였다. 그리고 맛이 어떻든 간에 국이면 영양분이 맹물보다 월등할 거 아닌가. 지금은 맛을 가리고 어쩌고 할 계제가 아니었다. 살아서 고향에 돌아가려면 어쨌든 돼지 식성을 가져야 했다.

신길만은 무슨 국인지 궁금해 국을 휘저어보았다. 배추 비숫한 건더기 몇 가닥이 먼저 보였다. 그리고 감자가 하나. 더 저어보니 밑바닥에서 생선뼈가 건져올려졌다. 살이라고는 붙어 있지 않은 앙상한 등뼈였다.

"이게 뭐야. 배추 같기도 하고, 아닌 것 같기도 하고."

누군가가 투덜거렸다.

"뭐든 어때. 사람 먹는 거겠지 뭐. 이거 서양배추 아니겠어."

다른 사람도 마땅찮은 투로 말을 받았다. 그들이 처음 보는 것은 양배추였다.

"아무리 포로라도 그렇지. 살은 다 어쩌고 생선뼈만 넣나 그래."

"글쎄 말야. 인심 한번 고약한데. 비린내만 풀풀 풍겨대고."

"그래도 일본군보다 낫지 않소. 하루에 겨우 한 끼 먹고 싸울 때를 생각해보시오. 포로란 죄인인데, 죄인들 이만큼 대접해주는 것도 황감하지 않소. 여기서도 하루에 빵 하나씩만 주면 어쩔 거요. 허고, 소뼛국물만 좋겠소? 생선뼛국물도 안 먹는 것보다는 몸에 훨씬 좋을 테니 한 방울도 남기지 말고 다 먹어두시오. 몸들이 건강해야 살아서 고향에 돌아갈 것 아니겠소."

천일호의 말이었다.

그의 힘에 밀리듯 아무도 말이 없었다. 소대장의 휴대품까지 훔쳐서 도망친 사람답다고 생각하며 신길만은 천일호의 사각진 얼굴을 물끄러미 바라보았다. 살아서 고향에 돌아가려면 무엇이든 먹어야 한다는, 자신과 똑같은 생각을 하고 있는 그가 꽤나 마음에 들었다.

"난 한 가지 생각밖에 없었어요. 식량도 총알도 다 떨어지고, 싸움에 질 것은 뻔한데 참호에 처박혀 개죽음당하기를 기다릴 수는 없었지요. 살아날 길을 찾아야지. 그래서 쏘련군을 찾아 줄행랑을 쳤지요. 쏘련군에게 잡혀 바로 조사를 받는데, 우리 조선말을 하는 조선 사람이 있는 것에 얼마나 놀랐는지 몰라요. 쏘련군을 찾아가면서도, 말이 안 통해 죽을지도 모른다고 무지하게 겁이 나 있었거든요. 조사를 받으면서 일본군은 식량도 총알도 다 바닥이 나간다고 사실대로 말했어요. 그런데 쏘련군은 처음엔 믿지 않으려고 했어요. 어떻게 하루에 한 끼밖에 안 먹고 계속 대항을 할 수 있느냐는 것이었지요. 결국 내가 조선 사람이라는 것 때문에 내 말을 믿어줬어요. 그리고 포위작전이 끝난 다음에 나는 쏘련군을 따라 바로 여기로 왔어요. 헌데, 그 통역을 하는 조선 사람 말이오, 어떻게 조선 사람으로 쏘련군이 됐는지 알 수가 없어요. 물어볼 새도 없었고. 그것 참 이상한 일이라구요."

천일호가 엮어낸 탈출기였다.

"그러게 말이지요. 우리도 몽골에서 그런 사람을 만나고 놀랐는데, 지금까지도 어찌 된 일인지 모르고 있어요. 그런데 천형을 통역한 사람하고, 우리를 통역한 사람이 같은 사람일까요?"

신길만이 물었다.

"글쎄요, 그 생각은 못 해봤는데…… 좌우간 더 두고 봅시다. 알게 될 날이 있을 테니까."

정우섭이라는 사람이 조선 사람으로 처음 조사를 받으러 나갔다. 나머지 사람들은 긴장해서 모여앉았다. 모여앉기는 했지만 아무도 말이 없었다.

"이런 때 담배라도 한 대 피우면 좋겠구먼."

한 사람이 몸을 비꼬며 군침을 삼켰다.

"그럼, 그렇지."

"체, 담배 구경 못 한 지가 벌써 언제야."

그들은 모두 시무룩해지고 말았다.

그 동안 일본군들 중에서도 담배 피우는 사람은 하나도 없었다. 담배 보급이 끊긴 지가 하도 오래되어서 누구나 꽁초 하나 남아 있을 리가 없었다.

"다른 건 다 그렇고 그랬는데, 한 가지가 대답하기 옹색한 것이었어요. 너, 일본군으로 돌아가겠느냐, 하고 묻잖겠어요."

불안한 기색으로 돌아온 정우섭이 그들을 둘러보며 말했다.

"그래서 뭐랬소?"

서너 사람의 말이 겹쳐졌다.

"싫다고. 난 조선 사람이니까 일본군으로 돌아가지 않겠다고 했지요."

"그거 잘했소."

신길만이 말했다.

"그랬더니 뭐라고 했소?"

천일호가 물었다.

"예, 쏘련군 장교가 아무 말도 안 하길래 불안해서, 내가 말했지요. 우리나라로 보내달라고요."

"그랬더니?"

천일호가 또 물었다.

"아무 말이 없더니, 그냥 가라고 했어요. 이 사람들 얼굴만 보고는 속마음을 짐작할 수가 없는데, 내가 말을 잘못한 것일까요?"

정우섭의 얼굴은 더 불안해져 있었다.

"아니오. 나도 그렇게 대답했을 것 같소. 우리 맘이 다 그렇지 않소?"

신길만은 사람들을 둘러보았다.

"예, 그렇지요."

"그럼요, 더 말해 뭐 해요."

"일본군으로 돌아가면 총살시킬지도 몰라요."

그들은 입을 모았다.

"그나저나 문제요. 쏘련에서 보내주고 싶어도 무슨 수가 있을란지. 어찌어찌 여기까진 살아오긴 했는데……"

천일호가 깊은 한숨을 내쉬었다. 그 한숨은 금세 전염이 되었다.

조선 사람이 두 사람 더 조사를 받고 돌아왔다. 조사 끝머리에서 정우섭에게 물은 것을 똑같이 묻고 있었다. 그리고 두 사람은 정우섭의 대답이 정답이라도 되는 것처럼 똑같이 답변했다는 거였다.

소련군이 들어와 침대 배치 순서대로 네 명씩 변기통 청소 당번과 막사 청소당번을 정했다. 소련군과 말이 통할 리 없었다. 소련군은 시끄러울 정도로 무슨 말인가를 하면서 여러 가지 몸짓을 해댔고, 그들은 그 뜻을 대충 알아 새긴 것이다.

밥때는 어김없이 지켜졌다. 식당의 음식도 어김없이 똑같았다. 끼니때마다 그 빵에 그 국. 그러나 그들은 꾸역꾸역 먹을 수밖에 없었다.

"맞았어요. 맞아요. 처음에 통역했던 그 사람이더라구요. 쏘련군은 바뀌었는데 그 사람은 그대로라 얼마나 반갑던지. 그 사람이 우릴 도와줄 수 있을까요?"

조사를 받고 돌아온 강명수는 꽤나 기분이 좋아져 있었다.

"글쎄요……, 그렇게 되면 좋겠지요."

신길만은 밝게 웃으려 하며 대꾸했다. 그러나 속으로는, 소련군에서 조선 사람이 무슨 힘이 있겠어요, 하는 말을 하고 있었다. 그는 가망 없는 기대를 하고 싶지 않았다. 첫 대면 때 느꼈던 그 가슴 뛰던 반가움은 반가움일 뿐이었다. 괜한 기대를 했다가 나중에 낙담하게 될 것이 두려웠다.

며칠에 걸쳐 조사가 끝났다. 조선 사람들 중에서 일본군으로 돌아가겠다는 사람은 하나도 없었다.

"우린 어떻게 될까요?"

"글쎄 말이오."

"우린 다 안 가겠다고 했지만, 억지로 보내버릴 수도 있잖겠소?"

"에이, 설마……"

"아니, 그도 모를 일이오. 어떻게 하기 귀찮으니까 싸잡아 보내버릴지."

"그리 되면 큰일 아니오?"

"그야 말해 뭘 해요. 군율 어겼다고 무슨 짓을 할지 모르는데."

"이거 참 답답하고 불안해서 못 살겠네."

그들은 모여앉아 이런 말만 되풀이했다. 그런 말들은 위안이 되는 것이 아니라 거듭할수록 불안감만 키워갔다.

막사에 갇혀 있어야 하는 하루하루가 지루하고 심심한 속에서 그나마 새롭게 퍼지는 소문이 있기도 했다. 저쪽 막사에 일본군 장교 열 명이 따로 수용되어 있다는 거였다. 그 소문은 조선 사람들보다는 일본군 사병들을 훨씬 놀라게 했다. 그들은 끼리끼리 모여 숙덕거리고 고개를 갸우뚱거리며 의문 가득 찬 얼굴이 되어 있었다.

"이상하네. 한두 명도 아니고 어떻게 열이나 되지? 황군 장교들은 모두가 장렬하게 옥쇄한다는 건 다 헛소리잖아."

"장교라고 다 강단 세고 심장 강하겠어. 심약해서 죽지 못한 거겠지."

"아니, 장교는 뭐 별건가. 장교도 사람이지. 우리가 그랬던 것처럼 하나밖에 없는 목숨, 살고 싶었던 것 아니겠어."

"그래, 이 세상 사람들 중에 죽고 싶은 사람이 어디 있겠어. 더구나 시퍼런 나이에."

그 소문은 조선 사람들에게도 시간 때우기 좋은 이야깃거리였다.

그 다음에 퍼진 소문은 일본군 포로들을 일본군에 잡혀 있는 소련군 포로들과 교환할 거라는 거였다. 이 소문은 막사 안을 한결 뒤숭숭하게 만들었다.

"이거 말이오, 우리가 걱정했던 대로 싸잡아서 넘겨버리면 큰일 아니오?"

"그야 그렇지요. 아슬아슬하게 죽을 고비 넘기고 살아난 게 도로아미타불 되는 거지요."

"이걸 어쩌지요?"

"큰 탈 났네."

"이러고 있을 게 아니라 살길을 찾아 나섭시다."

"살길이 뭐가 있어야 말이지."

"딱 한 가지 방법이 있어요. 그 통역 맡았던 우리 조선 사람 말이오, 그 사람한테 매달려야 해요. 우릴 일본놈들하고 싸잡아 보내지 말고, 우리만 떼서 만주 국경까지만 데려다달라고 말이오. 일단 만주땅만 밟으면 우리들이 힘을 합쳐서 고향을 찾아가면 되니까. 같은 조선 사람끼리 이만한 부탁 안 들어주겠어요."

"그 생각은 좋은데, 그 사람이 그럴 힘이 있을지가 문제요."

"그렇지요. 도와주고 싶어도 그럴 힘이 없으면 아무 소용이 없지요."

"어허, 힘이 있고 없고는 그 다음 문제고, 일단 부탁은 해봐야 될 것 아니겠소. 저 구름에 비 들었으랴 하는데 소나기 쏟아진다는 말이 있는데."

"맞아요, 그리 합시다."

"예, 그게 좋겠어요. 지금 지푸라기라도 잡아야 할 판인데."

그들은 이렇듯 마음을 빨리 합쳤다. 그러나 그 사람을 만나는 길을 찾기가 쉽지 않았다. 조바심하면서 이삼 일이 지나갔다.

그런데 그들 앞에 새로운 일이 닥쳤다.

"아직도 일본군으로 돌아가지 않겠다는 마음은 변하지 않았는가?"

얼굴이 넓적하고 눈초리가 매서운 소련군 장교가 물었다. 그 사람은 처음에 조사했던 그 장교가 아니었다.

"예!"

신길만은 그 장교의 쏘는 듯한 눈길을 피하지 않으며 힘있게 대답했다.

"우리 소련은 당신들의 그런 심정을 충분히 이해한다. 그럼, 당신들은 어찌하겠다는 것인가?"

통역의 이 말을 듣자 신길만은 갑자기 놀랐을 때처럼 가슴이 심하게 쿵쾅거리며 뛰기 시작하는 것을 느꼈다.

"예, 예, 우리 조선 사람들을 만주 국경까지만, 만주 국경까지만 데려다주십시오. 거, 거기서부터는 우리들이 힘을 합쳐 무슨 수를 써서든 고향을 찾아가겠습니다. 예, 우리를 좀 도와주십시오."

신길만은 목소리가 떨리고, 말을 더듬거렸다. 애원하는 그의 얼굴 앞에 두 손이 모아져 있었다.

"그건 들어줄 수 없는 일이다. 왜냐하면 당신들은 만주에서 일본군에게 체포될 것이 뻔하고, 그렇게 되면 일본군은 우리가 스파이들을 침투시켰다고 문제를 일으킬 것이기 때문이다. 그건 절대로 들어줄 수 없는 일이다."

통역을 하는 동안 소련군 장교는 날카로운 눈빛으로 신길만을 똑바로 쏘아보며 고개를 힘차게 내젓고 있었다.

신길만은 눈앞이 캄캄해지는 것을 느꼈다. 시체들을 맘껏 뜯고 나서 날아오른 독수리떼와 까마귀떼가 하늘을 뒤덮었던 그 검은 장막이 눈앞을 가리고 있었다.

"그럼 우린 어떡합니까!"

통역관을 향해 신길만의 이 말은 울음처럼 터져나갔다.

소련군 장교는 그게 무슨 말인지 물었고, 통역관은 그 말을 통역했다.

"당신네들에게 전혀 길이 없는 것은 아니다. 가장 좋은 방법이 한 가지 있다."

소련군 장교는 이 말을 아주 느리게 했다.

"예, 그게 뭡니까."

신길만은 자리를 고쳐앉으며 목이 길어지도록 마른침을 삼켰다.

"일본은 조선의 적인가, 아닌가?"

"적입니다."

"일본이 소련의 적인 것을 알고 있는가, 모르는가?"

"알고 있습니다."

"그럼, 소련이 일본을 무찌르면 조선의 독립에 도움이 되는가, 안 되는가?"

"도움이 됩니다."

"그렇다면 조선 사람들은 조국의 독립을 위해서 소련에 힘을 합쳐야 되겠는가, 아닌가?"

"힘을 합쳐야 합니다."

"됐다. 당신은 참 똑똑하다. 당신 스스로 해결책을 찾아냈다. 그대로 하면 된다."

"예에……?"

"어렵게 생각할 것 없소. 쏘련군이 되어 일본놈들을 무찌르자는 뜻이오."

통역관이 말했다.

"쏘, 쏘련군……?"

"막강한 우리 소련군은 틀림없이 일본군을 무찌를 것이다. 그때 당당하게, 자유롭게 고향으로 돌아가면 얼마나 좋은가."

소련군 장교가 묘하게 웃음을 지어내며 말했다.

"저어……, 너무 갑작스러워서……, 다른 사람들하고 좀 의논을 해봤으면……"

신길만은 진땀을 흘리고 있었다.

"좋아, 내일 아침까지!"

소련군 장교는 손끝으로 책상을 가볍게 치며 나가라는 턱짓을 했다.

조선 사람들은 저녁에 모여앉았다. 그러나 의논하고 말고 할 것이 없었다. 길은 외길이었다. 소련군이 되지 않으면, 다시 일본군으로 돌아가야 했다.

"예, 쏘련군이 되겠습니다."

다음날 아침 그들 열한 명은 소련군 장교 앞에서 차례로 이렇게 말했다.

곧바로 변화가 나타났다. 그들은 일본군 포로들과 분리되어 딴 막사로 옮겨졌다. 그리고 점심부터 식사가 달라졌다. 군침

흐르게 하는 구운 고기가 나오는가 하면, 생전 먹어본 일이 없는 노란 기름덩이도 나왔다. 빵에 발라먹는 버터라고 했다. 국도 물론 그 비린내 나는 양배춧국이 아니었다. 그것만이 아니었다. 식사를 하고 나자 담배까지 한 갑씩 나눠주었다. 담배를 피워물며 그들은 마침내 입이 헤벌어졌다.

"사람대접이 이렇게 달라지나그래."

"그러게. 지옥에서 천국으로 오른 게 이런 게 아닌가 몰라."

"그래, 어차피 집에 못 갈 것, 우선 이리라도 고생 면해야지."

"뭐, 배불리 먹고 담배까지 태우니까 당장은 더 바랄 게 없긴 한데, 앞길이 어찌 될라는지 원."

"거 뭐, 미리 끌어다 걱정할 것 없어. 다 사람 사는 세상이니까 눈치껏 요령껏 해나가면서 버티는 거야."

"그래, 고추장 먹고 산 우리 조선 사람 질기고 독하다고 하잖아. 다 힘내서 살아서 돌아가야지."

"그럼, 그럼. 이것도 다 팔자소관이니까 다들 힘내자구."

서로 내뿜는 담배연기가 섞이듯 그들은 서로 마음을 섞으며 바람벽을 만들고 있었다.

신길만은 밤이 깊도록 뒤척거렸다. 그 일은 도무지 생시에 일어난 일 같지가 않았다. 너무 엉뚱하고, 뜻밖이라 꼭 꿈에서 겪은 일 같기만 했고, 잘된 것인지 잘못된 것인지 알 수가 없었다. 앞날에 대해서, 일본군에 끌려나올 때보다도 훨씬 더 불안하고 걱정스러웠다. 일본군으로 끌려나올 때는 그래도 말이 통했고, 생김이 같았었다.

"호랑이한테 열두 번 물려가도 정신만 채리면 살아난다."

"총알 피해 댕겨라."

어머니 아버지의 당부가 새로운 메아리로 울려오고 있었다.

다음날 그들은 한꺼번에 불려갔다. 어제 보지 못했던 소련군 장교가 한 명 더 자리잡고 있었다. 그가 가운데 자리잡고 앉은 것으로 보아 계급이 가장 높은 모양이었다.

"모두 한 줄로 줄을 맞춰 서시오. 군인답게 절도 있게!"

통역관이 지시했다.

그들 열한 명은 민첩하게 한 줄로 부동자세를 취했다.

가운데 장교가 몸을 벌떡 일으켰다. 양쪽의 두 사람도 군인다운 탄력으로 일어섰다.

"여러분들이 우리 소련군으로 복무하기로 자원한 것을 진심으로 환영하고, 축하합니다. 우리 소련은 일찍이 식민지 지배를 받고 있는 세계 여러 약소국가와 약소민족들의 해방을 위해 투쟁하겠다는 선언을 했고, 그에 따라 조선의 독립 투쟁도 오랫동안 도와왔습니다. 그런데 일본은 이제 우리 소련을 향해서도 총을 겨누기 시작했습니다. 그러니까 이제 일본은 소련과 조선의 공동의 적이 되었습니다. 이런 시점에서 우리의 공동의 적인 일본을 무찌르기 위해서 여러분들이 소련군으로 복무하게 된 것은 그 의미가 매우 큽니다. 그런데 여러분들이 소련군으로 복무하려면 소련 이름을 가져야 합니다. 이 자리에서 소련 이름을 부여할 것입니다. 이를 계기로 여러분들은 용맹스러운 소련군으로 다시 태어나는 것입니다. 여러분은 소련을 위해 충성을 다해주기 바랍니다."

가운데 장교의 엄숙한 말이었다.

"지금부터 이름을 부를 테니 순서대로 나와서 이걸 받아가고, 쏘련 이름을 틀리지 않게 빨리 외우도록 하세요."

통역관이 종이쪽을 들어 보이며 말했다.

"배상국은 배 알렉쎄이, 정우섭은 정 게일리, 이규선은 이 스쩨빤, 천일호는 천 빅토르, 김병도는 김 아나톨리, 신길만은 신 미하일, 이무상은 이 게오르기, 강명수는 강 이바노프, 박동민은 박 유리, 문복동은 문 지모피, 김재석은 김 아파나, 이상입니다."

그들이 받아든 종이쪽에는 한글로 쓴 조선 이름, 꼬불꼬불한 소련 글씨, 한글로 쓴 소련 이름이 차례로 적혀 있었다.

막사로 들어서자마자 누군가가 말했다.

"이거 참 이상하네. 평생 쏘련땅에서 살 것도 아니고 임시로 군인 노릇 하는 것뿐인데, 꼭 이래야 하나?"

"그러게 말이야. 이름을 바꾸니까 부모를 바꾼 것처럼 영 찜찜하고 지랄 같네."

"맞어, 그 말 맞어. 이 요상스럽고 체한 것 같은 기분이 바로 그것이었어."

"아니, 성은 그대로 두고 이름만 바꾼 것은 무슨 초 친 맛이야. 갓 쓰고 자전거 타는 꼴도 아니고."

"다 바꾸기 미안했던 모양이지."

"그나저나 누구는 외우기 좋게 두 자고, 누구는 재수 없이 넉 자야그래. 재수 없는 놈은 대로변에서도 똥 밟고, 겨울에도 뱀에 물린다니까."

"흐흐흐……, 나 두고 하는 소린가? 그래, 난 원래 넘어졌다 하면 과부 품이고, 빠졌다 하면 술독이지. 유리, 박 유리. 유리창의 유리라는 뜻도 아니고 이게 뭐야?"

그들은 모두 뜨악하고 떨떠름한 기분으로 침대에 걸터앉았다.

그때 통역관이 들어섰다.

"아까 여러분들이 받은 종이에 적힌 쏘련 글씨를 오늘 중으로 완전히 익혀야 합니다. 눈을 감고도 똑같이 쓸 수 있도록.

왜냐하면, 여러분은 곧 쏘련군으로 넘어가 정식으로 서류 작성을 하고, 여러 가지 물품을 타게 되는데, 그때마다 그 글씨로 서명을 해야 하기 때문입니다. 그 서명은 조선에서 도장 찍는 것과 마찬가지니까 꼭 익히지 않으면 안 됩니다."

이렇게 말한 통역관은 그들에게 종이와 연필을 나누어주었다.

"그런데 저어……, 한 가지 여쭤봐도 될까요?"

천일호가 엉거주춤 몸을 일으키며 조심스럽게 말했다.

"예에, 말하세요."

통역관이 소련군들과 함께 있을 때와 다르게 정다운 표정을 지었다.

"저어, 통역관님이 어떻게 쏘련군이 되셨는지 저희들 모두가 궁금해하고 있습니다."

"아, 아……, 그러리라 생각하고 있었어요. 예, 당연히 궁금하겠지요."

통역관은 그들을 천천히 둘러보는 눈길에 맞추듯 느리게 말하고 있었다. 그런데 그의 얼굴은 엷게 웃는 듯하면서 슬프고, 슬픈 듯하면서 쓸쓸해 보였다. 그 슬픈 웃음이 서린 얼굴을 신길만은 유심히 쳐다보고 있었다.

"예, 그 내력을 자세하게 얘기하자면 오늘밤을 꼬박 새워도 모자랄 테니까 대강 중요한 줄기만 잡아 얘기하도록 하지요.
저의 이름은 고현태고, 고향은 함경북도 회령입니다. 그리고
쏘련 이름은 고 바실리입니다. 우리집은 삼일운동이 일어난
다음해 일본놈들을 피해 다른 친척들과 함께 땅이 넓다는 러
시아땅 연해주로 떠났습니다. 지금부터 십구 년 전이고, 그때
제 나이 여섯 살이었습니다. 소문대로 연해주는 땅은 넓었지
만, 그 땅은 잡초 무성한 황무지였지 농사지을 수 있는 땅은
아니었습니다. 어른들은 남녀 가리지 않고 그 땅 개간에 나섰
습니다. 황무지에 물길을 트고, 벼농사를 지을 수 있는 논을
일구는 것이었습니다. 우리 조선 사람들은 쌀밥을 먹어야 사
니까요. 어른들이 뼈 휘도록 일하는 동안에 아이들은 전부 학
교에 다녔습니다. 배워야 독립을 찾고, 독립만이 우리가 살길
이라고 누구나 믿고 있었으니까요. 우리 고려족이 많이 사는
곳에는, 예, 쏘련에서는 조선족이라고 하지 않고 고려족, 까레
이스끼라고 합니다, 꼭 학교가 있었습니다. 그 학교들은 독립
운동가들이 세웠고, 선생님도 독립운동가들이었습니다. 학교
에서는 조선말, 러시아말만 가르친 것이 아닙니다. 일본말도
가르쳤습니다. 적을 알아야 적을 이길 수 있기 때문이었습니
다. 우리 고려족들은 연해주의 그 광활한 땅을 쉴새없이 개간
해서 논을 일구고, 논에서 생산해낸 쌀로 독립자금을 대고, 자

식들을 가르치면서 그런대로 행복하게 살 수 있었습니다. 그런데 갑자기 불행이 닥쳤습니다. 그건 이 년 전에 실시된 강제 이주였습니다. 재작년 11월에 연해주에 사는 고려족은 전부 중앙아시아로 이주하라는 명령이 떨어졌습니다. 그래서 우리 이십만 고려족들은 이삿짐도 제대로 챙기지 못하고 며칠 사이에 기차 화물칸에 떠밀려 실렸습니다. 11월에 시베리아 날씨는 벌써 영하 20도까지 내려갔습니다. 기차는 한 달이 걸려 중앙아시아에 도착했고, 우리 동포들은 절반밖에 남지 않았습니다. 오는 동안에 십만 명이 얼어 죽고, 굶어 죽고, 총 맞아 죽은 것입니다. 이런 이야기를 발설하는 것도 위법이고, 큰 죄가 됩니다. 우리끼리니까 한마디 간단하게 하는 것이고, 더 자세하게는 말할 수 없습니다."

울음기 묻어나는 목소리가 떨리면서 고현태는 말을 멈추었다. 슬픔에 젖은 얼굴로 그는 입을 꾹 다물고 있었는데, 양쪽 아랫볼에는 어금니 뿌리들이 선명하게 드러나 보였다.

"……중앙아시아땅에 내리기는 했지만 우리 고려족들에게는 몰아닥치는 추위를 막을 집도, 당장 먹을 양식도, 아무것도 없었습니다. 믿기 어렵겠지만, 그건 사실입니다. 그러나 우리 고려족들은 우선 얼어 죽는 것을 면하기 위해 한 길 넘게 땅을 파고 그 위에 갈대로 지붕을 덮는 깔뚱막이라는 움막을 짓기 시작했습니다. 마침 그 황무지에는 나무처럼 대가 굵고 키가 큰 갈대들이 무성했으니까요. 그러는 동안에 노약자들이 또 수없이 죽어갔습니다. 그리고 추위를 피할 움막을 지은 고려족들은 다시 황무지 개간에 나서기 시작했습니다. 그러나 중앙아시아의 황무지는 연해주의 황무지보다 훨씬 나빴습니다. 소금기가 밴 소금땅이었으니까요. 소금기가 밴 땅에서 벼농사를 어떻게 짓겠습니까. 그렇지만 말로 다할 수 없는 고생을 해가며 우리 고려족들은 끝끝내 벼농사를 성공시켰습니다. 터잡고 살아나게 된 것이지요. 그런데 서쪽에서 독일이 전쟁위협을 가하고, 동쪽에서 일본이 세력을 팽창시켜오자 쏘련도 대대적으로 군대를 강화하기 시작했습니다. 그 바람은 중앙아시아의 여러 민족들에게도 불어닥쳤습니다. 우리 고려족도 당연히 쏘련에 충성을 나타내지 않으면 안 되었습니다. 그래서 젊은이들은 가족과 고려족을 지키기 위해 입대를 하게 되었습니다. 여러분들을 이렇게 만나게 된 것은 큰 인연입니다. 곧 헤어지면 언제 또 만나게 될지 모르겠는데, 부디 무사하게 고향에 돌아가시기를 빌겠습니다."

그들은 굳은 듯 묵묵히 앉아 있었다. 그 침묵은 어둡고 무거웠다.

"저는 그럼 이만 가보겠습니다. 연습들 많이 하세요."

그때서야 그들은 일제히 일어나 고현태를 향해 깊이 고개를 숙였다.

"그것 참 이상하네. 왜 그렇게 강제로 이주를 시켰는지, 왜 총을 쏴 죽였는지, 어쩌라고 집도 먹을 것도 안 줬는지, 물을 게 많고 많았지만 물을 수가 있나. 그걸 말하면 큰 죄가 된다니 말이야."

고현태가 막사를 나가자 누군가가 긴 한숨을 토해냈다.

"그러게 말야. 여기서 당하고, 저기서 당하고……"

다른 사람의 한숨이 이어졌다. 그 한숨은 그들 모두에게로 번져나갔다. 그들은 종이와 연필을 든 채 망연히 앉아 있었다.

그들은 소련군에 배치되고 나서야 자신들이 치타라는 곳에 와 있다는 것을 알았다. 그들은, 고향이 어느 쪽인지 우리나라까지는 얼마나 먼지, 서로에게 물었다.

부대 배치를 받은 그들은 소련군이 아니라 몽골군에 잘못 들어간 것 같은 착각을 느꼈다. 그만큼 얼굴 흰 서양인보다 얼굴 노란 동양인들이 훨씬 더 많았다. 그들은 왜 그런지 까닭을 모르는 채로 일단은 안도감을 느낄 수 있었다.

"저 사람들 중에 고현태씨 같은 우리 조선족이 있을지도 모르잖아요."

"그렇지요. 조선족이 아니라 고려족이지요."

"예, 맞아요, 고려족."

그들의 기대는 들어맞았다. 그 많은 동양인들은 소련의 지배를 받고 있는 중앙아시아의 여러 지역에서 뽑혀온 사람들이었다. 그 사람들 중에 고현태와 같은 조선 사람들이 적잖이 섞여 있었다.

그리고 그들은 소련군 생활에 불안할 것이 없다는 것을 뒤늦게 알았다. 말이 안 통하는 것을 해결하기 위해서 그들을 고려족이 많은 중대에 배치했던 것이다. 그 중대에는 고려족이 삼십 명이 넘었다. 그런데 그들은 모두 젊은이가 아니었다. 졸병으로는 어울리지 않는 늙직한 사람도 끼어 있었다. 한 세르게이가 그런 사람이었다.

"우리 꼴호즈(집단농장)에 열 사람이 배당됐는데, 스무 살에서부터 시작해 나이순으로 뽑다보니 맨 끝 열번째가 나였소. 어쩌겠소, 나올 수밖에."

서른여섯 살의 한 세르게이는 먼 하늘을 바라보며 쓸쓸하게 웃었다.

그 사람의 웃음이 너무나 슬퍼 신길만은, 아이가 몇이나 되느냐는 말을 꺼내지 못하고 삼켜버렸다.

소련군 생활은 날마다 훈련이었다. 그러나 별로 고달플 것은 없었다. 잘 먹으면서 받는 훈련이라 그들은 살이 오르고 있었다.

"이렇게 고기 많이 먹고 살기는 내 생전 처음이네."

"그러게 말야. 명절이나 잔치 때 맛보던 고기를."

"쏘런 사람들, 고기 많이 먹고 몸집만 컸지 별게 아니라니까. 그까짓 훈련이 뭐가 힘들다고 엄살을 부리나."

"그렇지. 농사일에 비하면 그까짓 훈련은 그냥 식은 죽 먹기지."

그들은 이렇듯 느긋할 수 있었다.

그러나 해가 바뀌면서 훈련이 강화되었다. 독일이 언제 소련을 침략할지 모른다는 소문이 갈수록 짙은 먹구름이 되고 있었다.

그런데 그 소문이 마침내 현실이 되었다. 다시 해가 바뀐 6월에 독일군이 일제히 소련을 공격하기 시작한 것이다. 부대에 비상이 걸렸다. 불안한 안개가 부대를 뒤덮었다. 드세고 강한 독일군은 무적이라고 했다. 신무기로 무장한 독일군 앞에서 여러 나라들이 꼼짝 못하고 항복했다는 것이었다. 그런 독일군이 세 방향에서 소련을 공격해오고 있다고 했다. 그런 소문에다가, 히틀러가 두 달 안에 소련을 점령하겠다고 장담했다는 말이 덧붙여졌다.

날마다 실전 같은 훈련이 계속되었다. 그들은 농담할 느긋함을 잃어버렸다. 초조와 긴장 속에서 훈련받기에 열중했다. 믿을 것은 그것밖에 없다는 듯이.

그런데 들려오는 소문은 어둡기만 했다. 소련군이 독일군을 격퇴하지 못하고 자꾸만 밀리고 있다는 거였다. 다만 한 가지 다행인 것은 히틀러가 장담한 두 달이 지나고, 넉 달이 되었는데도 소련은 점령당하지 않았다는 점이었다. 그런데 부대가 곧 최전선으로 투입될지 모른다는 말이 오갔다. 진작 최전선으로 이동해 독일군과 맞서 싸워야 했지만, 동쪽에 있는 일본군들이 언제 쳐들어올지 몰라 이동을 못 하고 있다는 것이었다. 어쨌거나 어디로든 전쟁터로 나가야 하는 것은 피할 수 없는 일이었다.

마침내 부대 이동 명령이 떨어졌다. 혹독한 시베리아의 겨울이 시작되는 11월의 추위 속에서 시베리아사단과 극동사단의 이동이 시작되었다. 그러나 자기들이 어디로 가는지 아는 졸병들은 아무도 없었다.

트럭과 기차를 바꿔 타며 이동은 긴박하게 진행되었다. 바람은 날마다 더 예리한 칼날로 변해가며 옷 속 깊이 파고들었다. 수많은 병사들이 아침 일찍 기차를 갈아타며 내뿜는 입김이 안개밭을 이루었다. 병사들은 적보다 먼저 기습해온 추위와 싸우기 시작했다.

신길만네 대대는 며칠 만에 어느 구릉지대에 포진했다. 구릉들은 완만하고 부드럽게 물결지으며 아득하게 이어져나가고 있었다. 그 흐름은 드넓은 바다에서 묵직하게 일어난 파도 줄기가 문득 정지해 있는 모습 같았다. 그 긴 구릉지대는 여러 가지 나무들과 마른 풀숲으로 덮여 있었다.

"어둡기 전에 빨리빨리 참호를 파라. 적들이 언제 공격해올지 모른다."

병사들에게 떨어진 첫번째 명령이었다. 병사들은 아무 불평 없이 곡괭이를 들었다. 이따금 멀리로 퍼져나가는 포성이 아니더라도 전쟁 분위기는 완연했다. 구릉지대 양쪽으로는 아군의 탱크와 야포들이 적들을 향해 곧 불을 뿜을 듯한 기세로 진을 치고 있었다.

"아이고, 이 군대나 저 군대나 참호 파는 건 똑같구나. 그래 좋다, 어머니 품은 멀고, 전쟁터에서 믿을 건 이것밖에 없으니까."

천일호는 타령하듯 하며 곡괭이질을 시작했다.

"이거 12월 초순에 땅이 이리 돌덩이처럼 꽁꽁 얼어붙어버렸으니 웬일이야. 이 사람들 불알 안 얼어터지고 애들 낳고 사는 것 보면 용해."

곡괭이를 내리쳐도 땅에 먹혀들지 않고 불똥만 튀자 강명수가 투덜거렸다.

"흐흐, 강형 또 허연 마누라 엉덩이 생각나는 모양이시네. 왜 안 그렇겠소. 나도 그 아늑한 마누라 품 그리워 미칠 지경이오."

천일호가 곡괭이질에 끙끙 힘을 써가면서도 할말은 다 했다.

"하이고, 말해 뭘 해요. 이리 추운 날 뜨뜻한 아랫목에서 한 바탕 하던 생각을 하면 이 꼴이 이게 뭐요그래. 크으, 그 기맥힌 맛을 언제 다시 보게 될라는고."

강명수가 지금 마누라를 품고 있는 듯 실감나게 장단을 맞추고 있었다.

"이거 총각 앞에서 왜들 이러시오. 염치도 양심도 없이."

신길만이 웃으며 한마디 걸쳤다.

"에이, 모르는 소리. 고기도 먹어본 놈이 잘 먹고, 외상술도 마셔본 놈이 배짱 두껍더라고, 장가든 사람들이 여자 맛 그리워할 줄 알지 총각이야 뭐가 뭔 줄 아나. 동년배라고 다 똑같은 게 아니니까 신형은 그냥 가만히 있는 게 본전 찾는 거요."

음담 맛에 취해 천일호가 키들키들 웃어댔다.

"저기, 소대장 와요."

신길만이 재빨리 곡괭이를 치켜들며 말했다.

동양인이 아무리 많은 부대라도 장교들은 전부 소련 사람이었다. 동양인은 하사관에 드문드문 섞여 있을 뿐이었다.

참호를 밤늦게까지 다 팠다. 이제 그곳이 막사고, 침대고, 식당이고, 휴게실이고…… 그랬다.

다음날 아침 일찍 대대원 전원 집합 명령이 떨어졌다. 하사관들이 전에 없이 서슬을 세워 닦치는 바람에 사병들은 그들 특유의 능장을 부려볼 마음을 먹어보지도 못하고 내몰렸다.

대대장이 드럼통 위로 올라섰다. 그는 천천히 장병들을 휘둘러보며 말아 들고 있던 종이를 펼쳤다.

"다들 똑똑히 들어라. 지금부터 로코소프스키 장군님의 명령을 하달한다."

대대장은, 하달한다, 에 맞추어 오른발을 들어 드럼통을 힘껏 내려찼다. 그 쿵 소리에 맞추어 병사들은 부동자세에다 또 차렷을 보태고 있었다.

"친애하는 위대한 소비에트의 붉은군대 장병 여러분, 우리는 이제 영광스럽게 조국을 수호하기 위하여 총칼을 들고 나섰습니다. 여러분들이 이미 알고 있다시피 독일은 지난 6월 22일 우리의 신성한 조국 소비에트를 침략해 들어온 이후 육 개월 동안에 걸쳐서 살인, 방화, 약탈을 일삼으며 우리 조국을 유린하고 있습니다. 그러나 우리의 붉은군대는 그 동안 참으로 용맹스럽게 독일군과 맞서 싸워왔습니다. 전쟁광 히틀러는 우리 조국을 침략하면서, 두 달 동안에 모스크바를 함락시키 겠다,고 호언장담했습니다. 그런데 두 달이 아니라 넉 달이 더 지났는데도 모스크바에는 독일군의 그림자 하나 얼씬거리지 못하고 있습니다. 왜 그렇겠습니까. 그건 두말할 것 없이 우리 의 붉은군대가 적들을 용감무쌍하게 막아냈기 때문입니다. 그 러나 적은 이제 우리 조국의 심장인 모스크바를 향해 총공격 을 감행하려고 하고 있습니다. 위대한 붉은군대 장병 여러분! 우리가 모스크바를 빼앗기면 어떻게 됩니까. 우리의 조국 소 비에트는 없어지고 맙니다. 그리고 우리의 인민들은 히틀러의 노예가 됩니다. 그렇다면 장병 여러분들은 어떻게 해야 되겠 습니까. 그 길은 단 하나, 우리 모두 이 제도프스크 전선에서 죽을 각오를 하고 모스크바를 사수해야 합니다. 그러나 장병 여러분, 조금도 두려워하지 마십시오. 우리는 백이십구 년 전 오늘과 똑같은 상황 속에서 위대하고 거룩한 승리를 이룩한 자랑스러운 역사를 가지고 있습니다. 그때의 어리석은 전쟁광 은 나폴레옹이었습니다. 그때 자랑스러운 우리의 선조들은 혹 독한 추위를 무릅쓰□□□□□□□□싸워 이 시베리아땅에 나폴 레옹과 프랑스군의 무덤을 만들었습니다. 그때 겨우 살아 돌 아간 것은 나폴레옹의 껍데기일 뿐입니다. 그런데 히틀러는 나폴레옹의 참혹한 패배에서 배우지 못하고 또다시 어리석은 짓을 하고 나섰습니다. 이제 우리는 히틀러와 독일군의 무덤을 만들 차례입니다. 위대한 붉은군대 장병 여러분! 지금 여러분의 조국은 여러분의 용맹을 필요로 하고 있습니다. 여러분은 마침내 조국을 위해 거룩하게 헌신할 기회를 맞이했습니다. 모두 일치단결하여 용감무쌍하게 돌진합시다. 그리고 장병 여러분! 한 가지 똑똑하게 기억해야 할 사실이 있습니다. 이 년 전에 독일이 전쟁을 일으키자 우리 스탈린 대원수께서는 '항복한 자, 포로가 된 자들은 모두 조국의 배신자들이다' 하고 선언하셨습니다. 죽기를 각오하고 싸우는 용감한 자는 살아남을 것이며, 적을 피하려는 비겁한 자들은 죽음을 면치 못할 것입니다. 특히 도망자들은 전선의 뒤에 배치되어 있는 스메르시(방첩대)에게 즉각, 즉각 사살당할 것입니다. 위대한 붉은군대 장병 여러분, 우리에겐 오로지 승리가 있을 뿐입니다. 다 같이 일치단결하여, 적을 무찌릅시다!"

어쩌나 목청을 돋우었던지 대대장의 목소리는 쉰 듯 갈라지고 있었다.

"우리 다 같이 만세를 부르겠습니다. 장병 여러분들은 힘껏 복창하기 바랍니다."

대대장은 오른쪽 다리를 들어 왼쪽 발에 힘껏 붙여 다시 차렷자세를 취하며 병사들을 휘둘러보았다.

"소비에트 조국 만세!"

"소비에트 조국 만세에!"

병사들의 복창이 눈발 날리기 시작하는 추위를 흔들었다.

"스탈린 대원수 만세!"

"스탈린 대원수 만세에!"

"위대한 붉은군대 만세!"

"위대한 붉은군대 만세에!"

병사들 속에서 신길만은 눈치껏 남들에게 뒤지지 않도록 두
팔을 힘차게 뻗쳐올렸다.

독일군보다 먼저 그들을 기습해오고 있는 것은 맵고 아린
지독한 추위였다. 이미 쌓여 있는 눈 위에 또 눈을 흩뿌리고
있는 추위는 칼날처럼 매서웠다. 바람결은 연약한데도 거기에
실린 추위는 예리하게 옷을 파고들어 살을 찢고 에는 듯하다
가 뼛속까지 스며드는 것처럼 사나웠다.

"아이고, 아까 곡괭이질할 때는 그래도 괜찮더니, 이거 추
워 미치겠네."

강명수가 어깨를 후들후들 떨었다.

"그러게. 독일군하고 싸우기 전에 먼저 얼어 죽게 생겼소."

천일호가 이 맞부딪는 소리를 내며 턱을 떨었다.

"만주 추위, 치타 추위가 지독한 줄 알았더니 여기엔 댈 것
도 아니오. 여기가 어딘지 원."

신길만은 발이 시려워 제자리뜀을 했다.

"이런 땅이 뭐가 욕심난다고 쳐들어오고 그래. 우리나라 같
으면 몰라도."

정우섭이 혀 굳어진 소리로 투덜거렸다.

이틀이 지나 독일군들이 공격을 가해왔다. 눈 내리는 속에
서 독일군은 무서운 기세로 폭탄을 퍼부어댔다. 그에 맞선 소
련군의 포격도 엄청났다. 서로 엇갈리는 포성으로 얼어붙은
천지가 진동하고 있었다.

독일군의 포탄은 참호를 피해가지 않았다. 탱크의 직사포가
아니었다. 독일군의 포탄은 마구 참호로 날아들어 폭발했다.
그때마다 병사들이 폭탄의 밥이 되었다. 참호는 피신처가 아
니라 무덤이 되고 있었다. 찢어지고 터지는 동료들의 죽음을
보며 병사들이 동요하기 시작했다.

"동요하지 마라!"

"참호를 벗어나는 자들은 사살한다!"

장교와 하사관들이 고래고래 소리치고 있었다.

적들은 보이지 않고 포격전만 치열하게 벌어지고 있었다.
귀청 터질 듯한 폭음 속에서 처절한 비명들이 끊일 새 없이 이

어지고, 새하얗던 눈밭에 포탄 자리가 움푹움푹 패어나갔다.

쾅!

바로 옆에서 터지는 폭음에 신길만은 몸을 굴렸다. 순간적으로 끼쳐오는 것이 있었다. 화끈한 바람 같기도 했고, 모래가 흩뿌려지는 것 같기도 했다.

"천일호, 천일호가 당했다!"

정우섭이 외쳐댔다.

신길만은 허둥지둥 그쪽으로 기었다.

천일호의 배가 터져 있었다. 피범벅인 창자들이 꾸역꾸역 기어나오고 있었다.

"천형, 천형! 정신 차려."

신길만은 천일호의 머리를 흔들었다.

천일호의 눈꺼풀이 파르르 떨리면서 더디게 열렸다. 그 눈동자가 안개 낀 듯 풀려 있었다.

"나……, 나……"

천일호는 심하게 떨리는 입술로 무슨 말인가를 하려고 애쓰고 있었다.

"어……, 어……, 어머니……"

혀 감겨드는 소리로 이 말을 하고는 천일호는 고개를 떨구었다. 번히 뜨인 눈에서 눈물이 흘러내리고 있었다.

신길만은 입술을 깨물며 천일호의 눈을 쓸어내렸다.

"저기, 강명수도 부상당했어요."

김재석이 울먹이는 소리로 말했다.

신길만과 정우섭은 다급히 자리를 옮겼다. 강명수의 왼쪽 허벅지가 피투성이였다.

"신형, 신형, 나 좀 살려줘. 나 살아서 고향에 가야 돼. 난 애가 둘이야, 둘."

강명수는 신길만의 손을 덥석 잡으며 울음을 터뜨렸다.

"강형, 진정해, 진정해. 부상을 좀 당한 것뿐이야. 치료하면 괜찮을 거야."

신길만은 강명수의 가슴을 다독거렸다. 그러나 강명수의 허벅지에서는 피가 너무나 많이 흐르고 있었다.

"정형, 빨리, 여기 부상자가 있다고 빨리 알려요."

신길만은 정우섭에게 소리쳤다.

"예, 김재석씨가 갔어요."

강명수는 위생병들의 들것에 실렸다.

"신형, 나 어떻게 되는 거요. 나 어디로 가는 거요."

강명수는 동료들을 붙잡고 늘어지듯 허공에 두 팔을 있는껏 뻗치며 울부짖었다.

"마음 굳게 먹어요. 잘 치료해줄 거요."

피가 너무 많이 쏟아지고 있었고, 소련군이 잘해주리라는 아무런 확신이 없으면서도 신길만은 이런 말로 강명수를 떠나 보냈다.

칼바람을 타고 줄기차게 눈보라가 휘몰아쳤다. 눈보라는 하늘에서 몰아치는 것만이 아니었다. 땅에 두껍게 쌓인 눈은 거센 바람을 타고 회오리치며 다시 하늘로 솟아올랐다. 하늘에서 내려오는 눈보라와 땅에서 솟는 눈보라가 뒤엉킬 때면 그 광경은 정신을 차릴 수 없게 혼몽스러웠다. 그 어지럽고 숨가쁜 뒤엉킴은 마치 소련군과 독일군의 살기가 뒤엉켜 사생결단 난투극을 벌이고 있는 것 같았다. 독일군들은 뿌옇게 두꺼운 눈보라 뒤에 숨어서 살기를 뿜어내고 있었다. 그 살기는 살을에는 추위의 매서움처럼 여실하게 끼쳐왔다. 독일군들은 눈보라를 앞세우고, 눈보라에 실려서 쳐들어와 살기를 불로 토해 냈다. 소련군들도 그에 못지않은 시퍼런 살기를 맞뿜어냈다. 눈보라의 드센 기세처럼 양쪽의 살기는 잦아들 기미라고는 보이지 않았다.

전투는 밤도 낮도 없이 처절하게 얽혔다. 덤벼드는 독일군들도 지독했고, 막아내는 소련군들도 지독했다. 죽는 자들이 속출했고, 다치는 자들이 속출했다. 시체 위에 시체가 포개졌고, 부상자들이 눈보라 속에 그대로 버려져 죽어갔다. 하얗게 눈 덮인 대지는 피로 붉게 물들었다. 그 위에 다시 눈이 내려 덮었다. 그러나 다음날이면 눈은 또 붉게 물들었다. 마치 하늘과 인간이 거대한 화폭의 추상화를 그리고 지우는 다툼을 벌이는 것 같았다. 그런데 인간들이 이기고 있는 것처럼 보일 지경이었다.

날마다 전투가 가열차게 계속되면서 여기저기서 전선이 허물어지고 뚫렸다. 혼전이 이루어지고, 난전이 벌어졌다. 같은 부대끼리 연락이 끊겼다가 다시 만나게 되는가 하면, 보급이 끊어졌다가 가까스로 이어지기도 했다. 병사들은 추위에 지치고, 배고픔에 지치고 있었다.

"이무상 찾아봐, 이무상."

누군가가 다급하게 말했다.

"왜 그래?"

"아무리 찾아봐도 안 보여."

"아까 우리가 이동해올 때도 있었잖아."

"그렇다니까. 이동해오는 동안에 어떻게 된 모양이야."

"어떻게 되다니?"

"소변을 보거나 졸다가 어둠 속에서 이탈한 것 아니겠어."

"이거 난리 났잖아. 혼자 헤매다니다가 스메르시한테 걸리면……"

그들의 입은 여기서 얼어붙어버렸다. 부대를 잃고 헤매던 병사들이 스메르시한테 걸려 무차별 사살당하고 있다는 소문이 이미 쫙 퍼져 있었다. 부대를 찾아 눈 속을 헤매고 있는 병사들의 방향이 어쩌다가 모스크바 쪽으로 향해 있어서 당하는 일이라고 했다.

하루가 다르게 겨울은 깊어가고, 추위는 더욱 혹독해져가고 있었다. 보급 사정이 갈수록 나빠져 빵만 뜯으면서도 하루 두 끼 채우기가 어려워지고 있었다. 병사들은 허기를 채우느라고 눈을 뭉쳐 씹었다. 그들의 손등은 온통 갈가리 터서 실피가 맺혀 있었고, 입술도 메마르고 얼부풀어 있었고, 꾀죄죄하게 땟물 얼룩진 얼굴에 눈들만 유난히 반짝이고 있었다.

"모두 힘을 내라! 전투는 막바지 고비다. 우리가 이럴 때 독일군들은 우리보다 몇 배 더 힘들다. 보급선이 먼 그들은 곧 항복할 수밖에 없다."

장교들은 이렇게 부하들을 독려하기에 바빴다.

병사들은 그 말을 믿으려고 했다. 그들은 제발 독일군이 어서 빨리 항복하기를 바라고 있었다. 날로 가혹해지고 있는 한파는 독일군 못지않은 적이었다. 배고픔 때문에 추위는 더욱 견디기 어려워지고, 추위 때문에 배고픔은 더욱 심해졌다.

"이봐, 김형! 김형! 아이고, 김병도가 이상하다."

날이 희붐하게 밝아오고 있는데 누군가가 다급하게 소리쳤다.

신길만은 그쪽으로 고개를 돌렸다.

"김병도가 죽었다. 얼어 죽었어."

김병도와 친했던 배상국의 목메는 외침이었다.

그들은 그쪽으로 몰려갔다. 김병도는 몸이 동그랗게 될 정도로 잔뜩 웅크린 채 얼어붙어 있었다.

"참 사람, 이 전쟁터에서 얼어 죽다니. 허망하기는……"

어떤 사람이 한숨을 토하며 쯧쯧쯧쯧…… 혀를 길게 찼다.

"허 참, 그렇게 깊이 잠들면 안 된다고 맨날 일렀잖아."

누군가가 안타까워하며 내쏘았다.

"제기랄, 술 취해 아무 데서나 자빠져 자다가 얼어 죽었다는 말은 들었어도 생사람이 이리 죽는 건 첨 보네. 고향 꿈 꾸다가 죽었는가……"

다른 사람이 힘없이 중얼거렸다.

신길만은 아무 말 없이 돌아섰다. 가끔 타령 한 가락씩을 그럴싸하게 뽑아 고향 생각 절절하게 해주곤 했던 그 사람의 죽음이 애석했다.

혼전이 자주 벌어지면서 양쪽에서 사망자도 많이 생겼지만, 그보다 더 많이 생기는 것이 포로였다. 신길만은, 아무런 소식이 없는 이무상이 스메르시에 걸려들지 않고 포로가 되었기를 바라고 있었다.

"어둡기 전에 빨리 참호를 파라. 바람이 더 세차게 불기 시작하잖아."

소대장과 선임하사가 소대원들을 다그쳐댔다. 매일 몇 명씩 줄어든 소대원들은 이제 절반 정도밖에 남아 있지 않았다.

참호는 벌써 네번째 파는 것이었다. 전선이 무너져 새 전선을 구축할 때, 혼전이 이루어진 다음 다시 부대를 수습했을 때, 치열한 공방전으로 부대 위치가 변했을 때 참호를 새로 팔 수밖에 없었다. 참호는 철통보다 강하게 적의 총탄을 막아주는 엄폐물만이 아니었다. 숨쉬기도 어렵고, 말하기도 어렵고 눈뜨기도 어렵게 휘몰아치는 칼바람에 실린 눈보라를 거뜬하게 막아주는 방풍벽이기도 했다. 벌판에서 매서운 칼바람을 맞으면 두꺼운 방한복을 직선으로 꿰뚫고 지나가는 것은 말할 것도 없고, 살도 뚫고, 뼈도 뚫어버리는 느낌이었다. 그러나 참호 안에 몸을 감추면 칼바람의 그 혹독함을 피할 수가 있었다. 그러니 병사들은 상관이 다그치지 않아도 눈 아래 꽁꽁 얼어붙은 땅을 파내려고 기를 쓰지 않을 수 없었다.

독일군이 빼앗으려고 하는 모스크바는 사십 킬로미터 뒤에 있다고 했다. 군인들이 수없이 죽고 상하면서 며칠째 치열한 공방전을 벌이고 있었지만 독일군은 전혀 전진을 하지 못하고 있었다. 소련군은 그만큼 사력을 다하고 있었다. 그러나 죽어가는 것은 군인들만이 아니었다. 민간인들도 엄청나게 죽어가고 있다는 소문이 퍼지고 있었다. 전쟁으로 모든 물자는 바닥이 나고, 혹한은 심해져가고, 적들의 점령지에 들어 있는 민간인들은 굶어 죽고 얼어 죽기 꼭 알맞은 처지에 빠져 있었다.

그날도 참호를 버려야 하는 혼전이 벌어지고 있었다. 그치다가 내리고, 내리다가 그치는 눈은 전투의 방해물이기도 했고, 은폐물이기도 했다. 그러나 눈 때문에 혼전은 더욱 어지러워지곤 했다.

"박동민, 박동민이 총을 맞았다."

총을 난사해대고 있는 속에서 터진 외침이었다.

신길만은 눈 위를 굴러 소리나는 쪽으로 갔다. 박동민의 가슴에서는 피가 벌컥벌컥 솟고 있었다. 피 위에 떨어지는 눈송이들이 금세금세 흔적 없이 사라지고 있었다.

"내……, 내 고향……, 저, 전라도 나, 남원……"

얼부풀어 터진 박동민의 푸르딩딩한 입술이 가까스로 지어낸 말이었다. 그리고 그는 이내 숨을 거두었다.

아직 다 식지도 않은 박동민의 시체를 버린 채 그들은 다시 총질을 하며 앞으로 나아가야 했다. 몇 시간인가를 싸웠을 때였다.

"포위당했다! 포위당했어!"

그 외침의 위력은 엄청났다. 일순간에 병사들의 힘을 빼버렸다. 병사들은 일제히 총구를 아래로 떨구었다. 그리고 두려움에 찬 눈동자를 서로 굴렸다.

"소대별로 포위망을 뚫어라!"

소대장을 따라 그들은 뛰기 시작했다. 그러나 얼마 가지 못해 그 이상하게 사나워 보이는 독일군의 철모들과 맞닥뜨렸다. 소대장이 총을 버리며 두 팔을 들어올렸다. 뒤따라가던 소대원들도 그대로 따라서 했다.

3. 독일군

기차는 겨울 들판을 한정 없이 달렸다. 들판은 가도 가도 끝이 없이 이어지고 있었다. 그 어디에도 산이라고는 없었다. 어쩌다 나타났다 사라지는 높직한 지대라고 해야 동산이라고 부를 수도 없었다. 그저 살집 푸짐하게 좋은 둔덕이거나, 자리 크게 잡고 앉은 부드러운 언덕이었다. 그 넓고 넓은 벌판 위에 하늘은 두꺼운 잿빛으로 낮게 드리워져 있었다. 그 우중충한 하늘로 까마귀떼만 날개를 맘껏 펼치고 유유하게 날며 사라졌다가 나타나고는 했다. 사람이 죽어가는 전쟁터마다 까마귀떼만 창궐하고 있었다.

"이거 독일로 가고 있는 걸까요?"

너무 오래 말을 참고 있기가 힘들다는 듯 정우섭이 낮은 소리로 입을 열었다.

"그럴 것 아니겠소?"

신길만도 짐작일 뿐이라 되묻듯이 했다.

"독일이면 우리나라에서 몇천 리나 떨어져 있을까요?"

정우섭 옆에 붙어앉은 배상국이 불안한 기색으로 물었다. 추위가 휘돌고 있는 화물칸에는 웅크린 포로들이 빼꼭하게 차 있었다.

"몇천 리가 뭐요. 몇만 리는 떨어져 있을 건데."

그렇지 않느냐는 듯 정우섭은 신길만을 쳐다보았다.

"아마 그럴 거요."

신길만은 한숨이 나오려는 것을 지그시 눌렀다.

"몇만 리……, 빌어먹을, 그냥 보내줘도 못 찾아가겠구먼."

배상국이 중얼거리며 한숨을 내쉬었다.

신길만은 배상국의 말을 곱씹었다. 맞는 말이었다. 여기는 만주가 아니었고, 울란바토르도 아니었다. 울란바토르까지만 해도, 집을 찾아갈 수 있을 것 같았었다. 그러나 울란바토르를 떠나면서부터 그런 마음은 사라져갔다. 그렇다고 고향으로 살아 돌아가야 된다는 생각마저 없어진 것은 아니었다. 고향에서 자꾸만 멀어질수록 그 마음은 더 단단한 차돌멩이로 굳어져가고 있었다. 꽃이 피면 지고, 달도 차면 기울더라고, 전쟁이 벌어지면 끝날 날이 있을 것이고, 왔으면 가는 길이 있을 거라고 굳게 믿고 있었다.

"호랑이한테 열두 번 물려가도 정신만 채리면 살아난다."

어머니의 말이 또 들려왔다. 신길만은 어머니의 냄새와 함께 그 말을 되씹었다.

화물칸은 다시 포로 신세가 된 것을 확인시켰다. 춥고 비좁은 자리만 고통스러운 것이 아니었다. 끼니때마다 빵 하나에, 물 한 잔뿐이었다.

"물이라도 좀 많이 줄 일이지."

"그래도 굶기지 않고 세 끼 다 주니 다행이지 뭐."

"그렇긴 해. 그 동안 굶기도 숱하게 굶었지."

"쏘련군 됐을 때가 꿈만 같네."

"그래. 그때 고기 실컷 먹고 몸보신 잘했지."

그들은 이런 말로 배고픔을 달랬다.

그런데 어느 날, 뜻밖의 일이 벌어졌다. 어떤 소련 사람이 독일군 몰래 빵을 훔치다가 들키고 말았다. 빵을 나눠주고 있던 독일군 두 명은 개머리판으로 그 사람을 무지막지하게 두들겨팼다. 그 사람의 얼굴은 금방 피투성이가 되었다. 그러나 그것으로 끝나지 않았다. 그 사람을 끌어내려 멀찍이 세우는가 싶더니 두 독일군은 총을 난사했다. 그 몸집 큰 사람은 철퍼덕 소리가 나는 느낌으로 땅바닥에 엎어졌다. 공포가 일순간에 화물칸을 덮쳤다. 잠시 후 기차는 출발했다.

"어찌 저럴 수가 있소. 빵 하나 가지고."

배상국이 숨죽여 말했다.

"글쎄 말이오. 아무리 포로라고 졸병들이 즈네들 맘대로."

정우섭이 고개를 내둘렀다.

"아니오. 저희들 맘대로 한 게 아니라 상부에서 그렇게 지시한 걸 거요."

신길만이 침울하게 말했다.

"뭐든 조금만 잘못해도 총살시키라고 말이오?"

배상국이 신길만을 쳐다보았다.

"그렇다고 봐야죠."

"일벌백계하겠다는 뜻인 모양인가요?"

정우섭의 말이었다.

"맞소, 일벌백계. 저걸 본 사람이면 누가 잘못을 저지르겠소."

신길만이 혀를 찼다.

"우리도 앞으로 조심해야 되겠어요. 저렇게 죽을 수야 없지요."

배상국이 어깨를 부르르 떨며 말했다.

며칠을 달렸는지 모를 기차가 어딘가에 멈추었다. 그들은 독일군의 총부리 지시를 따라 기차에서 내리기 시작했다.

"바짝바짝 붙어요."

"우리끼리 떨어지면 안 돼요."

그들 여섯은 서로를 챙기며 기차를 탈 때처럼 누구도 끼어들 수 없도록 다붙어 기차에서 내렸다.

그들은 자기네 여섯만 한 덩어리로 움직이는 것이 아니었다. 같은 중대에 있었던 고려족들을 놓치지 않으려고 눈에 불을 켜고 있었다. 그들도 절반이 넘게 죽고 부상당해 포로로 살아남은 것은 열세 명이었다. 나이 많은 한 세르게이도 살아 있었다.

이상한 기차역이었다. 기차에서 내리자마자 바로 철조망이 쳐진 포로수용소였다. 포로 수송을 편리하게 하기 위해서 대규모 수용소로 철로를 연결시켜놓은 것이었다.

기차에서 내린 이천여 명은 이백 명씩 오 열 종대로 줄을 서 나갔다. 그런데 한쪽에서 와자지껄 소란이 일어났다. 탕, 탕, 탕, 총성이 울렸다. 소란이 뚝 멈추었다. 모든 사람의 시선이 그곳으로 집중되었다. 독일군들에게 두 사람이 끌려나왔다. 대열 앞 중앙 위치에 독일군 장교 하나가 높직하게 서 있었다. 두 사람은 그 장교 앞에 세워졌고, 독일군 둘이 뭐라고 보고했다. 독일군 장교가 지휘봉 끝으로 무슨 지시를 했다. 두 사람은 철조망가로 끌려갔다. 그리고 독일군들은 총을 갈겨댔다. 한 사람이 외쳐대는 긴 비명이 총소리에 갈가리 찢기고 있었다.

"지금부터 소독을 실시한다. 옷을 하나도 남기지 말고 다 벗어라!"

독일군 장교가 목청 드높게 명령했다. 그건 소련말이었다.

한겨울의 추위였다. 벌건 대낮이었다. 노천이었다. 그런데도 포로들은 거침없이 옷을 벗기 시작했다. 서로 앞 다투어 옷을 벗어대고 있었다. 신길만과 그들도 잽싸게 옷을 벗어젖혔다. 말을 못 하는 대신 그들은 눈치만 잔뜩 늘어나 있었다.

추위 속에서 이천여 명은 삽시간에 발가숭이가 되었다. 알몸으로 우글거리고 있는 그들의 모습은 인간의 모습이 아니었다. 이상스럽게 생긴 짐승들이었다. 그들은 알몸이 되자마자 피부색을 가리지 않고 하나같이 몸을 웅크리며 두 손을 모아 아래를 가렸다. 그리고 고개를 떨구었다. 그러니 그 모습은 옷을 입고 움직이는 독일군들과는 너무나 다르게 보였다. 인간은 옷을 입어야만 비로소 인간다운 인간의 모습을 갖춘다는 것을 여실히 보여주고 있었다. 신길만은 이보다 더한 수치심을 그전에 느껴본 적이 없었다. 한낮에, 노천에서 발가벗은 일은 한두 번이 아니었다. 그러나 그때는 어렸을 때였고, 강변에서 미역을 감을 때였다. 그때는 계집애들에게 갑자기 고추를 내보이는 장난이 더할 수 없이 재미있는 놀이였고, 고추를 본 계집애들이 질겁을 하고 도망치는 것이 그렇게 유쾌하면서, 고추가 한없이 자랑스러웠다. 그리고 일본군에 들어가 목욕을 할 때는 으레 공동목욕탕에서 소대원들이 다 함께 알몸이었다. 그때도 아무런 수치심이 없었다. 목욕탕 안이었고, 옷을 입고 감시하는 적군이 없었던 것이다.

무서운 독일군들도 앞을 가리지 못하게 하지는 않았다. 곧 독일군 수십 명이 나서서 포로들의 알몸에 하얀 가루를 뿌리기 시작했다.

"다들 똑똑히 들어라. 여기서는 절대 복종이 있을 뿐이다. 아무리 사소한 것이라도 규칙 위반을 할 때는 가차 없이 총살형이다. 구체적인 규칙은 추후 하달한다."

장교의 목소리는 카랑카랑하게 울렸다.

포로들은 이백 명씩 막사를 배정받았다. 인원 배치며, 막사 구조며, 소련 수용소와 다른 것이 별로 없었다. 곧 독일군 두 명이 나타나 옆구리 붙은 이층 침대 다섯 쌍씩, 스무 명을 한 단위로 해서 반을 편성했다. 그리고 계급이나 나이를 따져 반장을 지명했다. 신길만네 3반은 한 세르게이가 반장이 되었다.

"한 세르게이 동지, 독일에 와서 출세하셨쇠다."

어느 고려족이 씨익 웃으며 말했다.

"그래, 농담할 여유 있어서 좋소. 히틀러 동지한테 감사해야겠소."

한 세르게이가 쓸쓸하게 웃으며 농담을 받았다.

"뭐 할려고 반을 짜고 이러지요?"

다른 고려족이 고개를 갸우뚱했다.

"뻔하잖소. 일 시켜먹기 편하게 하려고 그러는 거지."

한 세르게이가 또 쓴웃음을 지었다.

"일?"

"총 들고 포로들 부려먹기가 좀 좋소. 그냥 공짜밥 먹일 리가 없지."

이튿날 아침 일찍부터 신원조사가 시작되었다. 조사는 간단간단했다. 이름·국적·부대·계급, 네 가지씩만 기록했다. 신길만네 여섯 명은 소련말도 할 수 없으니까 반장인 한 세르게이가 나서서 소련말로 통역했다.

"신 미하일."

한 세르게이가 신길만의 이름을 댔다.

신길만은 멈칫 한 생각에 부딪혔다. 저래서는 안 되는 것 아닌가! 여기는 소련이 아닌데. 허나, 소련군은 소련군이지? 이게 어찌 되는 거지? 생각이 뒤얽혀 복잡해졌다. 이럴 수도 없고, 저럴 수도 없고……, 어떻게 해야 되는 것인지 알 수가 없었다. 한 세르게이에게 그 말을 할까 생각했다. 그러나 독일군 장교의 살얼음 낀 인상을 보자 자신이 거쳐온 그 복잡한 이야기가 통할 것 같지 않았다.

"이레 슈타츠안게회리히카이트 이스트 나튀어리히 소비에트(물론 국적은 소비에트지)."

장교는 굳이 한 세르게이에게 물을 것도 없다는 듯 이렇게 말하며 종이에 기록했다.

"신형, 신형도 국적을 쏘련이라고 했지요?"

신길만이 막사로 들어서자 먼저 조사를 받았던 배상국이 물었다.

"예, 그렇지요."

신길만은 불안해하는 배상국의 심중을 눈치챘다.

"그거 좀 이상하지 않아요? 기분이 영 찜찜해요."

배상국이 속마음을 드러내듯 얼굴을 잔뜩 찌푸렸다.

"글쎄요, 나도 그 생각을 했어요. 쏘련땅을 떠났으니까 쏘련 이름도 버리고, 국적도 조선이라고 해야 하는 것 아닌가 하고."

말을 하다보니 자신의 기분도 더 찜찜해지는 것을 신길만은 느꼈다.

"우리 다 똑같은 마음일 텐데, 한반장한테 말해보는 게 어때요."

"그래요, 그리 해봅시다."

배상국의 말대로 다른 네 사람의 마음도 똑같았다. 그들은 한 세르게이에게 그 문제를 의논했다.

한 세르게이는 한참을 생각하다가 무겁게 입을 열었다.

"그게 말이오……, 여러분들 마음 잘 알겠는데, 그게 좀 복잡한 문제요. 먼저, 여러분들의 특수한 사정을 고려해서 여러분이 원하는 대로 국적을 바꾸어줄지가 문제고, 국적을 바꾸어준다고 해도 또 문제요. 언젠가 전쟁이 끝나면 포로는 서로 교환하게 되는데, 국적을 바꾸어놓으면 그때 여러분들은 어디로 갈 거요? 국적이 바뀌었으니 쏘련으로 못 가고 이 독일땅에 떨어질 거고, 그럼 고향으로 돌아갈 길을 잃어버릴 것 아니겠소. 그렇게 되는 것보다는 쏘련으로 가는 게 낫지요. 일본이 조선에서 물러가면 보내주겠다고 쏘련이 약속했으니까요. 그리고 쏘련으로 가면 우리 조선 사람들이 있으니까 거기서 일하면서 고향에 갈 준비도 할 수 있어요. 허나, 여기 독일땅에 떨어지면 말도 안 통하고, 어떻게 살아가겠어요. 여러분들이 잘 생각해서 결정하세요. 여러분들이 국적을 바꾸기로 결정하면, 되든, 안 되든 교섭은 해볼 테니까요."

뭐 생각해보고 말고 할 것이 없었다. 고향에 돌아갈 수 없다는데야 고향으로 돌아갈 수 있는 곳으로 가야 했다.

"일본이 망하기는 망할까요?"

정우섭이 불쑥 물었다.

"그야 안 망할 도리가 없지요. 작은 나라 일본이 중국하고만 전쟁을 시작한 게 아니잖아요. 중국보다 큰 나라 쏘련하고도 전쟁을 시작했어요. 그러니 그게 될 일입니까. 일본이 저지른 일은 작은 뱀이 제 몸보다 몇십 배 큰 먹이를 문 꼴이지요. 결국 죽는 건 뱀입니다. 두고 보세요."

한 세르게이는 확신에 차서 말했다.

"예, 그 말씀 맞아요."

누군가가 밝은 목소리로 동의했다.

"그런데, 쏘련이 보내주기는 보내줄까요?"

배상국의 말이었다.

"그럼요, 나라가 한 약속인데."

한 세르게이가 그들을 둘러보며 웃었다. 그들도 따라서 웃음을 피웠다.

수용소에서 지켜야 할 규칙이 전달되었다.

절대로 탈출하려고 하지 마라. 철조망 앞에 쳐진 경고선을 한 발도 넘지 마라. 기상과 취침시간, 그리고 점호시간을 엄수

하라. 다른 막사에 출입하지 마라. 어떤 물건이든 훔치지 마라. 일체의 쇠붙이를 소지하지 마라. 서로 폭력 행사를 하지 마라. 외부로 작업을 나갈 때 대열을 이탈하지 마라. 외부 작업을 하면서 절대로 민간인과 접촉하지 마라. 편지를 쓰면서 수용소의 구조나 처우에 대해서 일절 적지 마라. 경비병들이 그때그때 내리는 명령과 지시에 절대 복종하라. 막사 청소를 깨끗이 하고 위생을 지켜라.

"체, 하지 말라는 것이 많기도 하네. 나 같은 돌대가리는 석 달 열흘이 지나도 다 못 외우겠다."

한 세르게이가 대신 읽기를 마치자 별로 말이 없는 문복동이 뚱하니 말했다.

"우리한테는 전부 하나마나한 소리네. 탈출을 하재도 어디 찾아갈 데가 있기를 하나, 딴 막사 출입을 하재도 아는 사람이 있기를 하나, 편지를 쓴다고 해도 보낼 데가 있기를 하나, 민간인을 접촉하라고 해도 말이 통하기를 하나, 우린 다 표창받아야 할 모범 포로들일세."

배상국이 시름겨운 소리로 가락 읊듯이 했다.

"그거 참 명언일세. 배형은 성질 느긋하게 농담도 잘해. 어쨌든 오래 살 거야."

정우섭이 배상국을 쳐다보며 허전하게 웃었다.

"농담이라도 하고 살아야 이 감옥살이가 덜 고단하고, 날이 쉽게 가지. 성질 급하게 먹고 파닥거려봤자 속병만 생긴다구."

배상국도 정우섭을 바라보며 허한 웃음을 흘리고 있었다.

"그래요. 우리 어른들이 말씀하시기를, 형편이 각박할수록 마음을 유하게 먹고, 웃을 일을 만들라고 하지 않았소. 우리가 연해주에서 중앙아시아 우즈베키스탄이나 카자흐스탄 같은 데로 강제이주 당할 때, 그 각박하고 숨막히기가 지금 이런 형편은 댈 것도 아니었어요. 우리가 흔히 지옥, 지옥 하는데 사람 사는 세상에 그때보다 더한 인간 지옥은 없는 게 아닌가 싶었어요. 그래도 우리 어른들은 힘들다는 말을 하지 않았고, 낙담하는 기색도 보이지 않았어요. 참아라, 조금만 참아라. 참으면 다 낙이 온다, 하며 아이들을 달랬고, 흥겨운 노래를 부르고, 재미나는 옛날이야기를 해주고는 했어요. 그러다보니 정말 배를 안 곯아도 되는 날이 왔지요. 여러분들도 다급하게 생각하지 말고 느긋하게 버텨내야 해요. 아무리 힘든 세월도 다 가게 마련이니까."

한 세르게이는 나이 먹은 사람답게 그들을 어루만지고 있었다.

"그런데 저어, 말씀을 하시니까 한 가지 여쭤볼 것이 있습니다."

누가 말할 차례를 뺏기라도 하는 듯 신길만이 다급하게 말했다.

"방금 다급하게 생각하지 말라고 하셨는데, 신형은 뭐가 그리 다급해."

배상국의 말에 모두 쿡쿡거리며 웃었다.

"그 강제이주 말입니다. 처음에 우리 통역을 맡았던 고현태씨한테 그 어려움에 대해서는 짤막하게 들었습니다. 그런데 왜 그런 말도 안 되는 이주를 시켰는지, 이주를 하는 동안에 왜 총질을 해서 많은 사람들을 죽였는지, 이주를 했는데 왜 집이고 먹을 것이고 아무 방책도 세워주지 않았는지 알고 싶었지만 그분은 말하지 않았습니다. 그런 발설을 하는 건 큰 죄가 된다고 하면서요. 그때는 어쩔 수 없이 참았지만, 이제 여기는 쏘련이 아닙니다. 그 이유를 말씀해주십시오."

얼굴이 상기되고 눈빛이 서늘해진 신길만은 딴사람처럼 보였다.

"글쎄요……, 그런 일이 있었군요." 한 세르게이는 말을 천천히 하며 고개를 숙이고는 한동안 있다가, 입을 열었다. "여기가……, 쏘련이 아닌 것은 맞아요. 그러나……, 우리는 다시 쏘련으로 돌아가야 해요. 우리 어르신들이 남기신 속담 알지요? 낮말은 새가 듣고, 밤말은 쥐가 듣는다고. 그리고 아는 게 병이고, 모르는 게 약이라는 말도. 세월이 많이 흐른 담에 자연히 알게 될 테니까 그냥 가슴에 묻어두도록 합시다. 그리고……, 지금 우리 다 나라 없는 설움을 당하고 있는 거니까, 그것도 그리 짐작하세요." 그의 신중한 말에는 물기가 묻어 있었다.

신길만도 다른 사람들도 아무 말이 없었다.

판자로 지어진 막사 안은 추웠다. 이백 명이 거처하는 넓은 막사에 난로는 양쪽 끝에 두 개밖에 없었다. 그것도 땔감이 제한되어 있어서 난로는 병자처럼 시름거리며 겨우겨우 온기를 지탱해가고 있었다. 시베리아의 추위에 비하면 독일 추위는 얌전했다. 그러나 한겨울 추위는 역시 한겨울 추위였다. 대패질 안 된 거칠거칠한 판자 막사는 한겨울 추위를 막아내기에는 너무 허술했다. 소련의 두꺼운 통나무 막사에는 비할 것이 못 되었다. 어디선가 자꾸만 찬바람이 새드는 한기로 잠들기가 어려웠다. 거기다가 매트 속에 든 것은 솜이 아니라 버스럭버스럭 소리가 나는 밀짚이었다. 밀짚 매트는 온기라고는 없이 섬뜩한 냉기를 품고 있었다. 잠자리에 들어 오래 뒤척거려야만 매트는 사람 덕을 보고 마지못해 미지근해졌다. 밀짚이 왜 이 모양일까 생각하며 웅크린 몸을 뒤척이는 신길만의 머리에 문득 떠오르는 것이 있었다.

"겨울에 볏짚 속에서는 자도 보릿짚 속에서는 자면 안 된다. 보리가 냉해 얼어 죽는다."

어른들이 이따금 한 말이었다.

밀짚이 보릿짚하고 가깝지 볏짚하고 가까울 리가 없었다. 밀과 보리는 밭작물로 여름 주식이었고, 벼는 논작물로 겨울 주식이었다.

그런데 왜 매트에 밀짚을 넣었을까. 전쟁을 하느라고 솜이 귀해서일까. 아니면, 죄인이나 다를 것 없는 포로들을 일부러 고생시키자는 심산일까. 신길만은 풀 길 없는 의문을 안고 시름시름 잠이 들었다.

아침 점호는 포로 막사와 경비대 숙소 사이에 있는 넓은 운동장에서 실시되었다. 포로 막사와 경비대 숙소 사이에는 외곽 철조망과 똑같은 철조망이 쳐져 있었고, 가운데 출입문에는 기관단총을 멘 경비병 두 명이 언제나 눈동자를 빠르게 굴리며 서 있었다. 외곽 철조망은 사람 키 세 배에 이르는 높이였고, 그 위에는 또 가시철사가 커다란 동그라미를 그리며 이어져나가고 있었다. 그리고 철조망에서 삼 미터쯤 간격을 두고 육칠십 센티미터 높이로 가시철사 한 줄이 쭉 둘러쳐져 있었다. 준수사항에서 말한 경고선이었다. 좌우로 길게 뻗어나가고 있는 철조망도 살벌하고 숨막혔지만, 철조망 네 귀퉁이에 드높이 솟아 있는 감시탑은 단연 위압적이었다. 다리가 무한정 긴 어떤 괴물처럼 흉물스럽게 생긴 감시탑에는 괴물의 큰 눈처럼 서치라이트가 달려 있었고, 그 옆에 곧 기관총을 발사할 것처럼 경비병들이 둘씩 기관총을 잡고 쉴새없이 고개를 좌우로 이동시키고 있었다. 검은색의 포로 막사들은 점호장과 맞통하고 있는 중앙통로 양쪽으로 열다섯 동씩 나란히 줄서 있었다.

사방으로 오백여 미터씩 멀리 뻗어나가고 있는 철조망은 사람의 몸이 빠져나갈 도리가 없도록 작게 엮은 네모칸으로 이루어져 있었다. 그 네모칸에는 끝이 칼날처럼 날카롭고 송곳처럼 예리한 가시철사들이 촘촘히 감겨 있었다. 그런 네모 하나하나는 날카로운 이빨을 모두 드러낸 채 으르렁거리고 있는 야수의 아가리였다. 그러니까 수용소는 몇십만 마리인지, 몇백만 마리인지 모를 포효하는 야수들에게 둘러싸여 있는 셈이었다. 그건 히틀러의 살기였고, 독일군의 살기였다. 누구나 철조망을 타넘으려고 했다가는 그 수없이 많이 돋아나 있는 가시철사에 옷이 갈기갈기 찢겨나간 다음 살마저도 너덜너덜 찢겨서 죽게 되어 있었다. 그 철조망은 바라보면 바라볼수록 살벌하고 숨막히게 육박해왔다. 그 위압감에 짓눌리며 포로들은 몸이 조여들었다.

가슴과 등에 하얀 페인트로 번호가 적힌 포로들은 막사에 따라 오 열 종대로 정렬했다. 점호는 인원점검으로 끝나지 않았다. 윗옷 단추를 다 풀어헤치고 몸수색을 받아야 했다. 경비병 앞에서 다섯 명이 동시에 단추를 푼 옷을 펼쳐 보였다. 경비병들이 주머니와 옷 속을 더듬는 동안에 추위가 온몸으로 습격해 들어왔다. 옷이 간신히 간직하고 있던 온기가 순식간에 사라지고 온몸이 싸늘하게 식어들었다. 몸수색은 그것으로 끝나지 않았다. 바지를 더듬어내렸고, 구두까지 벗어야 했다. 그렇게 몸수색이 끝났다고 막사로 들어갈 수 있는 것이 아니었다. 육천 명 전체가 끝날 때까지 차렷자세로 기다려야 했다. 한겨울 추위 속에서 벌 서는 것이나 다름없는 그 시간은 이십 분이 넘게 걸렸다.

당번들이 취사장에서 받아오는 식사는 소련의 수용소 것보다 더 못했다. 국도 그렇지만 빵은 표나게 나빴다. 무슨 밀로 만든 것인지 빵은 거칠고 뻣뻣했고, 입 안에서 굴리며 오래 씹어도 부드러워지지 않고 뻑뻑했다.

"이거 참 이상한 빵이네. 왜 이리 껄껄하고 맛이 없어그래. 처음 먹을 때 잘못 만들어졌겠지 했는데, 계속 똑같잖아. 이런 걸 먹고 어떻게 살지."

더 견디기 어렵다는 듯 정우섭이 투덜거렸다.

"글쎄 말이야. 독일 밀이 질이 나쁜 것인가?"

상을 찌푸리며 빵을 씹고 있던 배상국이 말을 거들었다.

"아무리 포로라도 이건 너무하는데. 가뜩이나 빵 싫어하는 우리는 더 죽을 맛이지 뭐야."

김재석도 말을 보탰다.

"말해봤자 우리 기운만 파하니까, 이거라도 그저 부지런히 먹어둡시다."

한숨 섞인 신길만의 말에 그들은 침울하게 빵만 씹었다.

아침식사가 끝나자마자 포로들은 다시 집합했다. 점호 때와는 달리 경비병들은 재빠르게 인원점검을 했다. 그리고 대열은 경비병 숙소와 점호장 사이에 있는 철망문을 통과했다. 그 다음에 정문을 통과했다.

햇빛을 볼 수 없는 잿빛 하늘 아래 날씨는 음산하게 추웠다. 까마귀떼들이 까옥거리며 선회하고 있어서 하늘은 더욱 칙칙하게 보였다. 검은 구름덩이들은 까마귀떼의 기세 좋은 날갯짓과 경쟁이라도 하는 듯 뭉클뭉클 부풀고 꿈틀거리고 있었다.

신길만은 까마귀떼만 보면 기분이 나빠졌다. 어렸을 때부터 까마귀떼를 보면 침을 뱉었었다. 까마귀는 흉조니까 액땜해야 된다고 침을 뱉고는 했던 어른들한테 배운 것이었다. 그런데 몽골 초원에서 시체를 파먹는 것을 직접 본 다음부터 까마귀는 완전히 정나미 떨어지는 새가 되고 말았다.

신길만은 표 안 나게 침을 튕기고는 눈길을 돌렸다. 싱싱한 전나무숲이 이어지고 있었다. 들판도 드넓게 펼쳐지고 있었다. 그 풍경에는 전쟁의 냄새가 없었다. 우선, 칼끝 같은 쇠가시 돋친 철망으로 둘러쳐진 수용소에서 벗어나 이런 풍광 속을 걷는 것이 다소나마 기분을 바꾸어주는 것을 신길만은 느끼고 있었다.

들판이 끝없이 넓은 건 참 좋은데, 하늘은 햇빛 한번 구경 못 하게 어찌 저리 줄창 흐릴까. 하늘은 공평해서, 이 나라에는 이 넓고 넓은 들판을 주었으니까 하늘은 우중충하게 했고, 우리나라는 겹겹이 산들을 많이 주어 들판이 좁으니까 하늘은 그렇게도 푸르고도 곱게 해준 것인가. 신길만은 발을 터벅터벅 옮겨놓으며 이런 생각을 하고 있었다.

처음에 만주 벌판을 보고 너무나 놀랐었다. 기차를 타고 하루 종일 가도 한정도 없는 벌판이었다. 일본에게 농토를 빼앗긴 사람들이 왜 만주를 찾아 떠났는지 알 것 같았다. 그러나 만주땅이 넓다는 말은 들어왔지만 그렇게 끝도 한도 없이 넓은 벌판이 있을 줄은 몰랐었다. 작은 섬나라 일본이 탐낼 만도 하다는 생각이 들기도 했다. 그런데 몽골에 가보니 또 무한정 넓은 초원이 펼쳐져 있었다. 그 땅을 보고도 이것이 우리나라라면 얼마나 좋을까 하는 생각이 절로 들었었다. 그런데 또 독일로 오는 길도 눈길이 닿지 않도록 넓디나 넓은 벌판이었다. 이 사람들은 얼마나 좋을까. 배곯는 일 없이 넉넉하게 사니 얼마나 행복할까, 하는 부러움을 떼치지 못했다. 가난한 소작인 살이 속에서 어렸을 때부터 가졌던 꿈이, 우리 논을 갖는 것이었다. 우리 논을 가진, 소작인이 아니었더라면 징병으로 끌려 나오지도 않았을 것이다.

포로들이 다다른 곳은 철도공사장이었다. 철도의 복선공사가 이루어지고 있었다. 총에 대검을 꽂은 경비병들의 지시에 따라 작업반이 편성되었다. 신길만네 306호 막사가 맡은 일은 흙 퍼나르기였다.

"반장님은 족집게 점쟁이십니다. 우릴 부려먹을 거라는 걸 어찌 그리 딱 알아맞히십니까그래."

배상국이 또 무슨 농담을 하고 싶은지 한 세르게이한테 말을 걸었다.

"그야 뭐……"

한 세르게이가 픽 웃었다.

"그 용한 신통력으로 우리가 언제나 이런 신세에서 풀려날 것인지 알아봐주세요. 복채는 나중에 풀려나서 낼 테니까."

"에이, 모르는 소리. 복채 외상이면 어디 점괘가 풀리나. 현

찰이 없으면 그 맛없는 빵이라도 하나 내놔야지."

한 세르게이의 능청스러운 응수였다.

"흐흐흐……, 배형이 보기 좋게 당했네."

김재석이 소리 낮춰 웃었고, 그들도 따라서 웃었다.

흙 퍼나르기는 두두룩하게 솟아오른 지대에서 흙을 퍼담아 레일 놓을 둔덕을 만드는 데까지 옮기는 것이었다. 들것 하나에 네 사람씩 배치되었다. 흙을 파서 퍼담는 사람들은 운반하는 사람들과 오전 오후로 교대하기로 했다.

"흙 적당히 퍼담고, 눈치껏 왔다갔다하면 되겠네."

배상국이 들것 손잡이를 잡으며 말했다. 그러나 그건 앞짜른 단꿈이었다. 둔덕 다지는 것을 감독하는 군인들은 들것에 담긴 흙의 양을 조사했고, 시간당 몇번을 운반해야 하는지 횟수를 정해놓고 수첩에 적고 있었다.

"하이고, 왜 독일인가 했더니 독한 놈들이라 독일이구나."

배상국이 탄식하는 것처럼 한숨을 토해냈다.

"어쩐지 김칫국부터 마시더라니. 어이 알렉쎄이, 기운 내시라구."

신길만의 말에 그들은 어리둥절했다. 그러나 곧 알렉쎄이가 배상국의 소련 이름이라는 것을 알고는 억누른 웃음이 터졌다.

"허어 참, 농담이라고는 못 하는 사람인 줄 알았더니 날 잡고 드네."

배상국이 떫게 웃으며 신길만에게 눈총을 쏘았다.

감독병들이 정한 양에 맞추려면 네 사람의 허리가 휠 지경
이었고, 시간당 횟수를 채우려면 뛰다시피 해야 했다.

"요런 날강도 같은 놈들이 있나. 그따위로 먹여놓고는 이렇
게 지독하게 부려먹다니."

정우섭이 숨을 헉헉거렸고,

"에이 빌어먹을. 집에서 농사일도 이렇게 좆 빠지게는 안
해봤다."

김재석이 마른침을 내뱉었다.

"이놈들은 어째 지게가 없나. 지게질로 하면 힘도 덜 들고
흙도 더 많이 나를 텐데."

문복동의 느린 말투였다.

"문형이 히틀러한테 말하시오. 지게로 하면 더 효과가 나니
까 지게 만들자고."

배상국이 내쏘았다.

"그래도 우린 재수 좋은 거요. 저 레일 운반하는 사람들 보
시오. 저 긴 쇳덩어리가 얼마나 무겁겠소."

한 세르게이가 그들을 달래듯 말했다.

저 멀리로는 침목을 운반하는 사람들, 레일을 운반하는 사

람들의 힘겨운 모습이 보였다. 농사철이 아니라서 그런지 넓은 들녘에 민간인은 하나도 보이지 않았다. 추위 가득한 들녘은 적막하고 쓸쓸했다.

오전 작업을 마친 포로들은 허우적거릴 만큼 지쳐 있었다. 트럭들이 점심을 실어왔다. 그들은 각자 차고 있던 반합에 국을 받았다. 그리고 흙 묻은 손에 빵을 받았다. 그들은 맨땅에 주저앉아 허겁지겁 국부터 마시기 시작했다. 목도 마르고, 배도 고프고, 춥기도 했다.

함께 둘러앉은 한 세르게이네 반 스무 명은 너나없이 먹는 것에만 정신이 팔려 있었다. 말 한마디 없이 빵을 물어뜯고, 국물을 마시고 하며 그저 먹기에 여념이 없는 그들의 초라한 모습은 거지꼴이나 다를 것이 없었다. 얼룩지고 때묻고 구겨진 군복이 그들을 더 남루하고 볼품없이 만들고 있었다.

"이거 간에 기별도 안 가네. 빌어먹을, 우리 어머니가 이 꼴을 보면 땅을 치고 통곡을 하시겠네."

배상국이 빈 반합을 치며 어머니라도 부르듯 고개를 뒤로 젖혔다.

어머니!

그 느닷없는 말이 가슴을 치며 눈물이 왈칵 솟는 것을 신길만은 느꼈다. 어머니가 바로 눈앞에 있었다.

"거 괜히 사람 미치게 하지 맙시다."

"그래요, 괜히 속 터지는데."

"뭐 나쁠 것 있소. 어머니라도 생각해야 힘이 나지."

그들은 마음은 같으면서 말만 달리하고 있었다. 그들은 더
는 아무 말 없이 먼 하늘만 하염없이 바라보고 있었다.

오후의 작업도 숨가쁘게 진행되었다. 감독병들은 날세운 눈
을 번뜩이고, 고함을 지르고, 총을 겨누고 하면서 포로들을 닦
달해댔다.

오후 작업은 어스름이 내리면서 끝났다. 포로들은 지쳤지만
느리게 걸을 수도 없었다. 그 많던 까마귀들도 잠자리를 찾아
갔는지 보이지 않았다. 신길만은 돌아가는 길이 아침보다 훨
씬 멀게 느껴지고 있었다. 이런 식으로 얼마나 오래 견뎌야 하
는 것일까…… 그는 구름 낀 하늘처럼 어둡고 막막한 심정으
로 무거운 다리를 터벅터벅 옮겨놓고 있었다.

수용소에 도착하자 저녁 점호가 시작되었다. 몸수색을 하느
라고 아침과 똑같이 시간이 오래 걸렸다. 밖에서 무엇을 숨겨
가지고 들어갈까봐 그러는 거였다.

저녁식사도 아침, 점심과 다르지 않았다. 그들은 또 허덕거
리며 국부터 마시기 시작했다. 이백 명이 거처하는 막사 안에
는 말소리 하나 들리지 않았다. 국물 후루룩거리는 소리와 탁

자에 반합 부딪는 소리만 번지고는 했다.

"이거 아까워서 어쩌지. 무슨 가루가 밑에 가라앉아 있는데."

정우섭이 반합 안을 들여다보며 중얼거렸다.

"숟가락 뒀다가 어디다 써?"

배상국이 시큰둥하게 말했다.

"숟가락으로 다 긁어도 구석지 거는 안 되니까 하는 말이지."

"아이고, 구석지에 붙은 것까지 다 잡수셔야 되겠다? 그 인심 참 야박하네."

"아니야. 배고파 죽겠는 판에 국물 한 방울이라도 찾아먹을 건 철저하게 찾아먹어야지. 밑에 가라앉아 있는 게 위에 뜬 국물보다 더 진짜배기니까."

김재석이 배상국을 치고 나섰다.

"그거 어려울 거 없지. 이렇게 해보쇼."

문복동이 빵 쪼가리를 들어 보였다. 그리고 시범을 보이듯 그것으로 반합 밑바닥을 차분하게 닦아냈다. 과연 빵 쪼가리에 죽 찌꺼기 같은 것이 묻어나왔고, 반합 바닥은 청소한 것처럼 말끔했다.

"이상하네. 아침이나 점심 국에는 가라앉는 것이 없었는데.

하루 수고했다고 저녁 국에는 다른 것을 좀더 넣어준 모양이
네."

한 세르게이가 반합 바닥을 들여다보며 고개를 주억거렸다.

"문형은 말은 별로 없으면서 실속은 남보다 먼저 차리네."

배상국의 말에 문복동은 빵 쪼가리를 우물거리며 히죽이 웃
었다.

"어디, 나도 한번 해볼까."

신길만이 빵 쪼가리를 반합 안으로 넣었다.

"음식 빨리 먹는 버릇 든 놈만 손해네."

정우섭이 쓴 입맛을 다셨다.

"이거 귀리 가루요."

바닥에 가라앉은 것을 손가락으로 찍어 먹어보며 한 세르게
이가 말했다.

"귀리요?"

"쌀 비슷하게 생긴 건데, 사람들이 죽을 쒀먹기도 하고, 가
축들 먹이로 먹이기도 하고 그래요."

저녁을 먹은 그들은 반합을 씻으려고 수돗가로 나갔다. 수
도대는 막사와 막사의 사이마다 설치되어 있었다. 어두워지면
서 켜진 서치라이트 불빛이 수돗가에 몰려든 포로들의 모습을
환하게 드러냈다가 사라지고는 했다. 직선으로 뻗치는 강렬한

서치라이트 불빛은 어둠에 싸인 수용소를 훑고 있었다. 네 개의 드높은 감시탑에서 내쏘는 불빛들은 서로 교차하면서 수용소를 샅샅이 탐색하고 있었다. 그 강렬한 불빛 아래서는 쥐 한 마리도 다 드러날 것 같았다.

"저 불빛은 철조망보다 더 끔찍스럽네요."

신길만 옆에서 반합을 닦고 있던 김재석이 말했다.

"그렇지요? 경비병들이 다 눈 부릅뜨고 있는 것 같아 영 기분 나빠요."

신길만이 고개를 끄덕였다.

"그나저나 이렇게 감시당하는 우리 신세도 한심하지만, 이 추위에 저 높은 곳에서 밤새도록 저 짓을 해야 하는 군인들 신세도 한심스럽지 뭐요."

"그리 보면 그렇지요. 전쟁은 왜 하는지 원."

수돗물은 얼음장처럼 차가웠다. 포로들은 얼굴이며 손을 씻는 둥 마는 둥 하고 돌아섰다. 신길만도 몸을 떨면서 얼굴과 손을 건성으로 씻었다. 깨끗하게 씻고 싶은 건 마음뿐이었다.

아침에 일어나니 눈이 내리고 있었다.

"눈이 와, 눈이."

누군가의 반색하는 목소리였다.

"아이고 고마워라. 구름이 제값을 하네."

다른 목소리에도 생기가 실려 있었다.

그러나 일을 안 나가게 될 거라는 그들의 기대는 얼마 가지 못했다.

아침 점호는 눈이 내리는 속에서 실시되었다. 눈은 펑펑 쏟아지는 함박눈이 아니었다. 푸실푸실 내리는 가루눈이었다. 그러나 바람 끝이 매워 추위는 칼날이었다. 옷을 파고들어 살을 콕콕 쑤시거나 후벼파는 것 같은 추위는 시베리아의 추위를 많이 닮아 있었다.

포로들은 경비병들에게 이끌려 어제처럼 작업장을 향해 걸었다. 눈은 좀 심해지다가 약해지다가 하면서 계속 내리고 있었다.

한 세르게이 반에 돌아온 작업은 침목 운반이었다. 또 네 사람이 한 조가 되었다. 침목 앞뒤에 밧줄을 걸어 거기에 꿴 목도를 앞뒤 두 사람이 나란히 어깨에 메고 옮겨야 하는 그 목도질은 흙을 나르는 것보다 훨씬 어려웠다. 네 사람이 정확하게 발을 맞추지 않고서는 앞으로 나아갈 수가 없었다. 발 맞춤이 틀리면 균형이 깨져 침목이 요동치기 때문이었다. 그러나 단번에 발 맞추기가 쉽지 않았다. 침목 무게로 몸은 한쪽으로만 쏠리고, 어깨에 힘은 안 받치고, 다리는 버팅겨야 하고, 길바닥은 울퉁불퉁하니 네 사람이 한 사람처럼 척척 발을 맞춰 걷는다는 것은 쉽잖은 일이었다. 각 조마다 발 맞추기가 틀려 주저앉고, 소리치고 하면서 와자해졌다. 서너 번씩 실패를 하고 나서야 겨우 발을 맞추고는 했다.

"어얼럴러, 어야데야……"

발을 옮겨놓는 신길만의 입에서 무심결에 나온 소리였다.

"옳거니, 바로 그거야!"

소리친 것은 뒤따라오는 배상국이었다.

"그렇지, 그 목도 소리!"

문복동이 반색했고,

"그래, 우리 아버지들이 하던 소리지."

이규선이 말을 받았다.

그러다보니 그들은 멈추어 섰다.

"아니, 그 생각을 어떻게 해냈소?"

배상국이 신통하다는 눈길로 신길만을 바라보았다.

"모르겠소. 나도 모르게 나온 소리요."

신길만이 씩 웃었다.

"됐소, 앞에서 어얼럴러고, 뒤에서는 어야데야요. 어디, 시작해봅시다."

배상국이 말했다.

"어얼럴러—"

첫발을 떼며 앞에서 소리했고,

"어야데야—"

다음 발을 떼면서 뒤에서 소리를 받았다.

목도 소리는 이내 다른 조로 퍼졌다.

"목도 소리 하다보니 고향 생각 더 간절해지네."

누군가가 푸념조로 말했다.

눈은 오다 그치다 하면서 하루 종일 내렸다. 까마귀떼는 눈 오는 것도 아랑곳하지 않고 너울너울 잘도 날아다녔다. 흰 눈 발 속에서 까마귀떼는 더욱 검게 보였고, 잿빛 구름은 더 짙어 져 음산하기 짝이 없었다.

눈이 자주 내렸다. 푸실거리며 내리는 가루눈이었지만, 날 이 매섭게 추운 데다 햇볕이 나지 않으니 계속 쌓여갔다. 쌓인 눈이 발목을 넘게 되자 철도 작업은 중단되었다. 그러나 쉬는 것이 아니었다. 벌목 작업이 그들을 기다리고 있었다. 아름드 리 나무들을 베어내는 것도 수월한 일이 아니었다. 도끼로 나 무를 찍는 것도 힘 파하는 일이었고, 굵고 긴 통나무를 눈밭에 서 옮기는 것도 기를 써야 하는 일이었다.

벌목 작업이 며칠째 된 날이었다. 큰 사고가 일어났다. 306 호 막사의 한 사람이 쓰러지는 나무에 치이고 말았다. 정신을 잃은 그 사람은 피를 흘리며 실려갔다. 자칫 잘못하면 일어나게 되어 있는 사고였다. 306호 사람들은 일할 기운이 빠져버렸다. 그러나 감독병들은 감정이라고는 없는 기계들처럼 빨리 빨리 일하라고 몰아쳤다.

그 사람은 의무실에서 돌아오지 못했다. 그리고 이틀 만에 저세상으로 떠났다. 그는 우즈베키스탄 사람이었다. 장례식이고 뭐고 없었다. 그는 수용소에서 멀찍이 떨어진 빈 터 눈밭에 묻혔다. 경비병들이 지켜보는 가운데 그 사람과 가까웠던 몇 사람이 꽁꽁 얼어붙은 땅을 파고, 관 모양을 닮은 긴 봉분을 만들었다. 그곳에는 먼저 죽어간 사람들의 묘가 나란히 줄을 맞추고 있었다.

306호 막사는 며칠 동안 침울함에 잠겨 있었다. 한 세르게이 반원들은 그 사람의 죽음에 대해 아무도 입을 열지 않았다.

한 달쯤 되었을 무렵이었다. 날은 더 추워지고, 눈은 더 많이 내리는데 어떻게 전해져온 소식인지, 그들에게 반가운 소문이 퍼졌다. 모스크바 전투에서 독일이 참패해 물러났다는 것이었다. 그들은 환호하고 싶은 마음을 서로서로 눈으로만 나누었다. 그리고 밤이 되기를 기다려 가만가만 소곤거렸다.

"그럼 우린 곧 돌아가게 되겠지요?"

"글쎄, 그건 잘 모르겠소."

한 세르게이가 고개를 갸웃했다.

"왜요?"

"그게 말이오, 모스크바 전투에서만 진 것이지, 독일이 아직 완전히 패한 것이 아니란 말이오."

"예에……, 그럼 언제나 완전히 패할까요?"

"글쎄에……, 하여튼 모스크바 전투에서 진 것은 아주 좋은 징조니까 좀더 참고 기다려봅시다."

그들은 반가워했던 것만큼 의기소침해졌다.

어느 날 일어나니 밤새 장딴지까지 푹푹 빠지도록 눈이 내려 있었다. 그리고 점호를 받는 동안에도 눈은 계속 퍼부어댔다. 눈발이 굵은 폭설이었다. 얼굴 구경하기 힘든 소장이 직접 나와 폭설로 작업을 중단한다고 했다. 포로들은 몸수색을 받지 않고 바로 막사로 뛰어들어갔다.

"우와, 결국 하늘 덕을 봤구나. 그럼, 사람이 살다가 이런 날도 있어야지."

배상국이 춤을 추듯 했고,

"그렇지. 오늘이 바로 우리 생일날이야."

김재석이 벙글거리며 맞장구를 쳤고,

"아이고 하느님, 고맙습니다."

말수 적은 문복동까지 하늘을 향해 합장을 했다.

그러나 그들의 그 기쁨은 겨우 한나절밖에 가지 않았다. 저녁에 국이 나오지 않았다. 폭설로 길이 막혀 보급차가 오지 못했다는 것이었다. 너무 놀란 그들은 말이 막혀 한동안 서로를 쳐다보기만 했다. 매일 굶주림에 시달려 허덕거리고 있는 그들에게 국 한 그릇은 너무나 소중한 보물이었다. 그들이 당장 이루고 싶은 소망은 수용소에서 풀려나는 것이 아니었다. 배부르게 먹는 것이었다. 그들이 가장 많이 하는 말은 먹는 얘기였다. 가장 많이 꾸는 꿈도 배 터지도록 먹는 것이었다. 부실하게 먹으면서 날마다 중노동에 시달려온 그들은 이미 얼굴이 메말라들고 몸이 축나 있었다.

"아이고 하느님, 우리 죽습니다."

"눈은 계속 오는데 그럼 언제 보급차가 온다는 거야?"

"눈이 그쳐도 안 녹으면 못 오는 것 아니겠어?"

"그러다가는 빵도 안 주게 될 수도 있잖아?"

"에이 빌어먹을, 한 달만 그리 돼서 저놈들하고 우리들하고 한날한시에 몽땅 죽어버렸으면 좋겠다."

함께 살아가는 날들이 쌓이면서 정이 두터워가자 그들의 말도, 처음에는 존대를 쓰다가, 그 다음에는 반말로 바뀌고, 이제는 자연스럽게 '해라'를 주고받고 있었다.

다음날 아침에 일어나니 눈이 그쳐 있었다. 그러나 쌓인 눈은 무릎까지 빠졌다. 역시 국 없는 아침으로 빵 하나씩만 씹은 그들 육천 명은 일제히 제설 작업에 나섰다. 그들은 어떤 작업보다도 열심히 눈을 치웠다. 그러나 별로 오래가지 못해 기운이 떨어져 헉헉거리고 비척거렸다. 따스한 국 대신 찬물로 속을 채운 그들은 배가 고파 허리를 펴기가 어려웠다. 건져먹을 것도 별로 없고, 맛도 없었던 국이나마 얼마나 귀한 것인지 그들은 새삼스럽게 깨닫고 있었다.

그들은 하루 종일 눈 치우기에 사력을 다했다. 그러나 보급차는 오지 않았다. 다른 길이 트이지 않은 탓이었다.

저녁에 빵을 받고 그들은 암담해지고 말았다. 빵은 반쪽씩이었다. 걱정했던 대로 빵도 동났다는 거였다. 내일 아침도 반쪽이냐, 아니면 굶느냐. 기진맥진한 그들의 입씨름은 짧았다. 모두가 반쪽씩이라도 먹기를 바랐다. 그러나……, 빵은 없었다. 아침을 굶어야 하는데도 점호는 취했다. 작업은 나가지 않았다. 굶는 덕이었다. 점심도 굶었다. 찬물을 잔뜩 먹은 포로들은 침대에 늘어져 꼼짝을 못했다. 저녁도 굶었다. 다음날 아침도 굶었다. 그래도 점호는 했다. 점심도 굶었다.

그런데 뜻밖의 사고가 일어났다. 한 세르게이네 반 서 라블렌치가 변소를 가려고 이층침대에서 내려오다가 아래로 곤두박이고 말았다. 사람들이 흔들어도 그는 정신을 차리지 못했다. 피 나는 데는 없는데 팔다리는 축 늘어져 있었다. 부랴부라 의무실로 옮겼다. 그러나 서 라블렌치는 그 길로 저승객이 되고 말았다. 곤두박이면서 머리를 다친 것이라고 했다. 너무 굶어서 생긴 어지럼증을 못 이겨 떨어진 것이라고 사람들은 짐작했다.

보급차는 오후에 도착했다. 경비병들은 그 소식을 일부러 막사에 전했다. 그 순간 포로들은 환성을 질렀다. 다른 때와 달리 경비병들은 아무 탓 하지 않고 돌아섰다.

저녁식사는 전과 똑같이 국과 빵 하나였다.

"아니, 이게 뭐야. 우리가 그 동안 굶은 건 다 떼먹겠다 그거야? 눈 와서 일 못 하게 되면 그 다음 일요일에 꼭 일 시켜 벌충하는 놈들이. 이거 순 도둑놈 심뽀네."

정색을 한 배상국의 이마에 핏줄이 돋고 있었다.

"그래서 그걸 찾아먹자 그건가?"

이규선이 상을 찌푸렸다.

"당연히 찾아먹어야지."

"무슨 수로?"

"반장은 왜 있어. 반장님, 이대로 당하고 있으면 안 되잖아요?"

배상국은 고개를 빼며 한 세르게이를 빤히 치떠보았다.

"이봐 배형, 반장님 목숨이 열 개가 아니야. 빵 하나 훔쳤다고 쏴 죽이고, 서로 싸움 좀 했다고 쏴 죽이는 사람들인데, 반장님이 그런 말 하면 건방지게 덤벼든다고 쏴 죽이면 어쩔 거야. 배형이 반장이라면 그런 말 하고 나설 수 있겠어?"

배상국에게 꽂힌 신길만의 눈길이 곱지 않았다.

"……"

신길만을 맞쳐다보고 있던 배상국의 눈길에서 기가 빠지며 처져내렸다.

깊은 겨울 속에서 거센 바람은 밤마다 판자 막사를 심하게 흔들어댔다. 눈이 많이 와도, 바람이 세차도 밤이면 어김없이 순찰 도는 경비병들의 군홧발 소리가 저벅저벅 울렸다. 포로들은 추위에 떨며, 바람 소리에 섞이는 군홧발 소리를 들으며 잠이 들고는 했다. 그러나 경비병들이 순찰만 도는 것이 아니었다. 당직 장교는 손전등을 비추며 날이 샐 때까지 서너 차례씩 막사 안을 휘돌았다.

"피해라, 수류탄 날아온다!"

"안 돼, 안 돼, 안 돼!"

"어머니이 ―"

"잘못했어요, 잘못했어요."

한밤중에 막사 여기저기에서 터져나오는 외침이었다. 막사 안을 점검하고 있는 당직 장교는 그때마다 손전등을 소리나는 쪽으로 재빨리 비추고는 했다. 이백 명 중에 몇몇이 잠꼬대를 하고 있었다. 그 심한 잠꼬대는 밤마다 막사 안을 울리고 있었다. 신길만도 미시마를 죽인 악몽에서 아직까지 벗어나지 못하고 있었다.

두 달이 지나면서 포로들의 얼굴은 너무 말라 볼이 움푹 패고, 광대뼈가 불쑥 드러났다. 그들은 기운을 차리지 못하고 비실거리고 휘청거렸다. 그러나 급식은 좋아지지 않았고, 강제 노동이 없어지지도 않았다. 그런데 이상한 소문이 퍼졌다. 소련군 포로들이 먹는 빵에는 밀가루가 영국군이나 미군 포로들이 먹는 빵에 비해 절반밖에 안 들어갔다는 것이었다. 왜냐하면 히틀러가 유대인 다음으로 싫어하는 것이 러시아의 슬라브 족이기 때문이라고 했다. 그래서 밀가루는 절반만 넣고, 나머지는 아무 영양이 없는 것들을 채워 '러시아 빵'을 따로 만든다는 거였다.

"그러면 그렇지. 괜히 빵이 그렇게 뻑뻑하고 거칠거칠하게 맛이 없는 게 아니라니까."

"정말 그러네. 우린 슬라브 족도 아니면서 괜히 당하는 거잖아."

"좌우간, 사람을 아주 꼬치꼬치 말려 죽일 작정이로구만."

"맞어. 이러다간 우리 전부 다 수용소 귀신이 되고 말 거야.

이 말라비틀어진 꼴들 좀 봐."

"그렇다니까. 무슨 수가 없을까?"

"수는 무슨 수. 도둑질을 해서라도 잘 먹는 수밖에 없는데, 도둑질을 하재도 할 데가 있어야 말이지."

"그래, 날마다 조금씩 조금씩 말라 죽어갈 수밖에 없어. 그 동안 하도 배가 고파서 눈을 부릅뜨고 먹을 게 없나 찾아보았어. 그런데 두 가지가 있었어. 쓰레기장에 모여드는 까마귀떼와 쥐떼였어. 허지만 그것도 그림의 떡이지 뭐야. 총이 있어야 까마귀를 잡고, 쥐덫이 있어야 쥐를 잡지."

"아, 나도 쥐를 잡아먹으면 어떨까 하고 생각했었는데. 내장을 깨끗하게 빼버리고, 껍질을 확 벗겨서 살만 오래 삶으면 몸보신이 안 될 리 없거든. 쇠고기나 돼지고기하고 다를 게 뭐겠어. 고기는 다 똑같은 고긴데."

그러나 그들에겐 쥐를 잡아먹을 자유도 없었다.

빵이 그렇다는 것을 알고 나자 그들은 한층 더 풀이 죽고 침울해졌다. 배가 고파 허덕거리는 그들에게 넘치는 것은 뼛속까지 파고드는 추위와, 시도 때도 없이 내리는 눈뿐이었다. 잿빛 하늘과 가시철조망과 눈 속의 검은 막사들은 그들의 마음을 더욱 춥고 암담하게 만들었다.

한 달쯤 지난 어느 날 수용소가 발칵 뒤집혔다. 밤새 두 명

150

이 자취를 감추어버린 것이다. 철조망을 뚫고 탈출한 그들은 소련 사람이었다.

'잘했다, 참 잘했다. 말이 통했다면 나도 진작 탈출을 시도했을 것이다. 장하다, 장해.'

살벌한 분위기 속에서 아침 점호를 받으며 신길만은 수용소를 탈출한 두 사람에게 소리 못 내는 박수를 보내고 있었다.

"이 새끼, 똑바로 서!"

"개새끼, 뭘 봐!"

경비병들은 살기 번뜩이는 눈으로 생트집을 잡으며 포로들을 마구 갈기고 걷어찼다. 몸이 마르고 쇠약해진 포로들은 픽픽 나동그라졌다. 그러나 그들은 부리나케 일어나 부동자세를 취했다. 아프다고 어물거리는 것은 불붙은 경비병들 성질에 기름을 붓는 일이었다. 점호시간은 구타당하는 시간으로 변하고 말았다.

그러나 단체기합은 그것으로 끝나지 않았다. 경비병들이 한 사람을 앞으로 끌어냈다.

"이자는 반장으로서 반원들의 감시감독을 소홀히 했다. 그 결과 두 명씩이나 탈주하게 한 것은 절대로 용서할 수 없는 죄다. 빨리 총살시켜라!"

당직 장교의 외침이었다.

"안 돼! 안 돼! 안 돼!"

그 사람이 목이 터지도록 소리쳤다. 미친 것처럼 몸부림쳤
다. 그러나 경비병들은 짐승 다루듯이 하며 철조망 가까이로
끌어갔다.

탕, 탕, 탕!

그 사람은 약한 나뭇가지가 부러지듯 허리가 꺾였다. 그러
나 총소리는 멈추지 않았다.

"전체에, 열중쉬어! 차렷! 엎드려쏴!"

느닷없이 울린 장교의 구령이었다.

포로들은 어리둥절했다. 어떤 포로들은 잽싸게 땅바닥에 엎
드려 총도 없이 '엎드려쏴' 자세를 취하기도 했다. 머뭇거리
고 있는 포로들은 경비병들의 매타작감이 되고 있었다. 포로
들은 허둥지둥 땅바닥에 엎드리기 바빴다. 그러나 땅바닥은
그냥 땅바닥이 아니었다. 그 동안 자주 눈이 내리고, 날이 추
워 눈은 녹지 않고, 수많은 포로들이 밟고 다녀서 녹을 듯하던
눈은 밤새 빙판으로 얼어붙고, 그 위에 또 눈이 내리고, 또 밟
아 다져지고 해서 땅바닥은 두꺼운 빙판이 되어 있었다.

경비병들은 포로들 사이로 재빠르게 움직이며 자세가 잘못
되었다고 사정없이 걷어차고 짓밟았다. 시간이 지날수록 빙판
의 냉기가 점점 심하게 뱃속으로 파고들기 시작했다.

152

'어서 도망가거라. 멀리멀리 도망가거라. 절대 잡히지 말아라.'

뱃속이 쏙쏙 아리고, 비비 틀리는 고통 속에서도 신길만은 이런 말을 하고 있었다. 이렇게 단체 보복을 당하는 것이 오히려 통쾌한 기분이기도 했다.

시간이 오래되자 뱃속이 아무 감각 없이 얼어붙었다. 가슴도 얼어붙었다.

"전체에, 일어섯!"

시간이 얼마나 지났는지 알 수가 없었다. 전신이 굳어진 포로들은 비틀거리고 휘청거리며 가까스로 몸을 바로세우고 있었다.

그러나 보복은 그것으로 끝나지 않았다. 아침을 굶기고 바로 작업을 나갔다. 점호시간과 아침식사시간 전부를 빙판 위에 엎드려 있었던 셈이었다.

그날의 노동은 창고에서 기차로 짐을 나르는 것이었다. 눈이 계속 많이 내려 철도공사나 도로공사를 하지 못하게 되자 작업은 여러 가지로 바뀌었다. 포로들이 해야 하는 일은 얼마든지 기다리고 있었다.

"이러다가 점심도 굶기는 것 아닐까?"

삐쩍 말라 얼굴에 마른버짐이 핀 배상국이 걱정스럽게 말했다.

"아마 못 그럴걸. 마음이야 우릴 다 굶겨 죽이고 싶겠지만, 부려먹긴 해야 하니까."

신길만이 말했다.

"그렇지. 우리 다 없어지면 즈이놈들이 손해지."

양쪽 볼이 움푹 패어 광대뼈가 유난히 불거진 이규선이 점심을 굶어야 하는 두려움을 떨치려는 듯 힘주어 말했다.

점심은 제대로 나왔다.

그것으로 보복이 끝난 줄 알았다. 그러나 더 가혹한 보복이 기다리고 있었다. 작업을 마치고 수용소로 돌아왔지만 저녁식사가 나오지 않았다. 포로들은 점호장 빙판 위에서 다시 '엎드려쏴' 자세를 취해야 했다.

"전체에, 일어섯!"

한 시간 만에 장교가 내린 구령이었다.

"십 분간 제자리 뛰기를 실시한다. 실시!"

그리고 다시 빙판에 엎드렸다.

자정까지 그러기를 되풀이했다. 그러나 그것으로 끝나지 않았다. 자정이 지나면서부터는 십 분간 뛰는 것이 없어졌다. 혹독한 추위 속에서 서치라이트 불빛만 그들의 등을 훑고 지나가고는 했다.

"이 새끼야, 정신 차려. 잠들면 죽어!"

경비병들이 포로들 사이사이로 다니며 소리치고, 걷어찼다.

'그래, 잠들면 얼어 죽는다. 정신 차려라, 여지껏 죽지 않고 견뎌왔는데. 살아서, 살아서 집으로 돌아가야지.'

신길만은 어금니를 맞갈며 눈을 부릅떴다. 그 눈앞에 어머니가 나타났다.

"호랑이한테 열두 번 물려가도 정신만 채리면 살아난다."

어머니가 생생하게 말하고 있었다.

"어디서든 정신 딱 채리고 관세음보살님만 염혀. 그러면 틀림없이 살아날 길이 열릴 것잉게."

어머니의 말은 여기서 끝나지 않았다.

옛날옛날 어느 깊은 산중 암자에 노스님과 동자승이 살고 있었다. 그런데 한겨울에 양식이 떨어졌다. 노스님은 양식을 구하려고 떠나며 동자승에게 일렀다. 하나도 무서워할 것 없이 내가 돌아올 때까지 부처님 앞에 엎드려 관세음보살만 염해라. 그러면 아무 탈 없을 것이니라. 그런데, 노스님이 바삐 동냥을 해서 돌아가려는데 밤새 무릎까지 빠지는 폭설이 내려 길이란 길은 모두 막히고 말았다. 낙담한 노스님은 눈물로 나날을 보냈다. 그러다가 날씨가 풀려 눈이 녹기 시작하자 부랴부랴 암자로 향했다. 암자에 가까이 이른 노스님은 깜짝 놀랐다. 어디에선가 관세음보살을 염하는 소리가 들리고 있는 게 아닌가. 노스님은 헛들었나 했다. 그러나 그 소리는 분명 암자 안에서 들려오고 있었다. 노스님은 부랴부랴 달려갔다. 동자승이 부처님 앞에 엎드려 관세음보살을 염하고 있었다.

어렸을 때 어머니가 가끔 들려준 이야기였다. 에이, 그건 말도 안 돼. 이놈아, 그런 말 하면 못써. 그렇다면 그렇게 믿어야 복받지. 어머니는 곱게 눈을 흘기며 쥐어박는 시늉을 하고는 했었다.

'관세음보살, 관세음보살……'

신길만은 어린 날 어머니에게 매달렸듯이 관세음보살을 염하기 시작했다.

"전체에, 일어섯!"

새벽빛이 희번해질 즈음에 장교의 구령이 떨어졌다.

빙판 위에 엎드려 밤을 새운 포로들은 몸이 굳어져 쉽게 일어나지 못했다. 굼뜨게 기고, 부들거리고, 비틀거리고, 휘청거리며 가까스로 몸들을 일으키고 있었다. 그러나 경비병들의 거친 닦달에도 끝내 일어나지 못하는 사람들이 있었다. 일곱 명이 얼어 죽었다. 그중에 정우섭이 끼어 있었다.

포로들은 밤새도록 얼어서 푸르퉁퉁하게 죽은 얼굴로 아침식사를 받아들었다. 그들은 허겁지겁 국이 든 반합을 싸안듯이 했다. 포로들이 하루 중에서 가장 배고픔에 허덕이는 것은 추위 속에서 온종일 중노동을 하고 돌아와 저녁식사를 받을 때였다. 그런데 그들은 지난밤 저녁도 굶었고, 빙판 위에 엎드려 밤을 새워 온몸이 얼음덩이가 된 상태였다. 그런 그들에게 뜨뜻한 국 한 그릇은 바로 생명수고 구세주였다. 그들은 국을 들이켜기 시작했다. 따스한 국물이 목을 타고 넘어간다. 아, 이제 살 것 같다! 국물이 뱃속으로 타내려가는 것이 여실하게 느껴진다. 온 뱃속이 좋아서 춤을 추고 환호성을 지른다. 아, 이렇게 달고 맛있을 수가 있나! 그 맹탕 같기만 하고 맛이 없었던 국이 이 세상에서 가장 맛있는 음식으로 둔갑해 있었다. 국이 뱃속에 차갈수록 얼었던 몸이 차츰차츰 풀려가고 있었다. 그들은 아무 생각도 없었다. 오로지 온기를 품고 있는 국 한 그릇이 소중했고, 이제 살 것 같다는 느낌 속에서 소중한 국을 한 모금 한 모금 소중하게 아껴 먹고 있었다. 지금 그들에게 가장 소중한 것은 그것뿐이었다.

그러나 보복은 그것으로 끝나지 않았다. 그날 밤부터 불시 점호가 시작되었다. 잠자리에 들어 잠이 들 만하면 모두 점호장으로 끌어내 집합시켰다. 그러기를 하룻밤에 네댓 번이나 반복했다. 그러다보면 날이 밝았다. 낮에 강제노동에 시달리고, 밤에 잠을 못 자고……, 포로들의 얼굴에 뼈가 더욱 두드러져 휘청거렸다.

그런데 불시 점호는 엿새 만에 풀렸다. 탈출한 두 사람이 각기 다른 장소에서 사살되었다고 했다.

어느 날 아침에 목매달아 죽은 사람이 발견되었다. 그 소련 사람은 언제부턴가 실성기를 보여왔다고 했다.

3월이 되면서 추위가 누그러지고, 4월이 오면서 눈이 녹기 시작했다. 겨우내 두껍게 끼었던 구름도 얇아지면서 햇볕이 비치기도 했다. 그러나 구름 말끔하게 걷혀 햇빛 눈부신 하늘을 온종일 보기는 어려웠다. 포로들은 동상 걸린 손들을 어루만지며 날이 풀린 것을 함께 반가워했다. 그러나 그들의 몰골은 한층 더 거지꼴로 변해가고 있었다. 갈수록 윤기라고는 없이 까슬까슬 메마르고 있는 얼굴에 눈들이 퀭했고, 온갖 때가 덕지덕지 낀데다가 여기저기 실밥이 터지고 찢어진 옷들은 남루하기 그지없었다.

"어, 어, 이거 이상하네. 이가 좀 아프면서 흔들리는 것 같아서 손을 댔더니 허망하게 쑥 빠져버리네."

어느 날 땅을 파다 말고 이규선이 당황스럽게 말했다. 그의 손바닥에는 거무스름한 피를 문 어금니 하나가 놓여 있었다.

"그거 잘 먹지 못해서 그리된 거요. 강제이주당한 우리 동포들이 굶다시피 하며 겨울을 나고 봄이 되니 그리 이들이 빠지기 시작했어요. 그 이들을 다 모아놓았으면 몇 가마니가 되었을지 몰라요."

반장 한 세르게이가 자기의 입속을 손가락으로 가리키며 쓸쓸하게 웃었다.

그 영양실조 후유증은 이 사람, 저 사람한테서 연달아 나타났다. 신길만도 5월 들어 어금니 하나가 빠져나갔다.

어느 일요일날 모처럼 활짝 갠 햇살 아래 포로들이 해바라기를 하고 있을 때였다. 어떤 사람이 갑자기 소리를 지르며 무작정 철조망을 향해 내달렸다. 그 사람은 거침없이 경고선을 뛰어넘었다. 그리고 철조망에 달라붙더니, 기어오르기 시작했다. 그 사람이 절반도 오르지 못했는데 총성이 요란하게 울려댔다. 그 사람의 동작이 멈추었다. 그런데 그 사람의 몸은 그대로 철조망에 묵직하게 늘어지는 느낌으로 걸려 있었다. 수많은 가시철사들이 그 사람의 옷을 물고 있기 때문인지, 그 사람이 철조망을 붙들고 있는 탓인지 알 수가 없었다. 그 사람의 등을 뚫은 여러 개의 총구멍에서 시뻘건 피가 솟고 있었다. 피는 줄줄이 그 사람의 몸을 타고 내려 땅으로 뚝뚝 떨어지고 있었다. 포로들은 오래도록 그 광경을 지켜보았다. 아무도 그 사람을 어리석다고 하지 않았다. 미친 짓이라고 하지도 않았다. 수용소를 탈출한 두 사람에게 그런 소리를 하지 않았던 것처럼.

포로들은 철조망에 매달린 그 사람한테서 자기 자신의 모습을 보고 있었다. 철조망에 매달린 것은 바로 자기 자신이었다. 자신의 몸에 총구멍이 숭숭 뚫려 피가 쏟아져내리고 있었다.

날이 따뜻해져 좋아한 것은 잠시였다. 6월이 되자 무더워졌다. 그리고 전염병이 돌기 시작했다. 이질이었다. 그 병은 휘몰아치는 태풍의 기세로 퍼져나갔다. 아침 점호 때마다 장교는 손과 입을 깨끗이 씻고, 반드시 끓인 물을 먹으라고 명령 또 명령했다. 그러나 기를 세운 태풍은 도도했다. 앓는 사람이 날마다 속출하더니, 사망자가 생기기 시작했다. 영양실조가 심한 몸들은 더없이 좋은 이질의 먹이가 되고 있었다. 날이 새면 수용소 밖에 새 묘가 줄줄이 이어졌다.

7월의 무더위 속에서 병은 더 극성을 부렸다. 하루에 몇십 명이 죽기도 했다. 죽은 자리를 메우는 막사 편성이 다시 이루어지고, 빈 막사에는 새로 잡혀온 포로들이 밀려들었다. 전쟁은 계속되고 있었고, 전쟁의 찌꺼기처럼 포로들도 계속 잡혀오고 있었다.

8월에도 이질은 기세등등하게 저승사자 노릇을 했다. 수용소 측에서는 아무 대책 없이 그저 손과 입을 깨끗이 씻어라, 반드시 끓인 물을 먹어라, 똑같은 말만 되풀이했다. 전쟁중이라 약이 없는 것인지, 포로들이라 약을 안 주는 것인지 모를 일이었다.

며칠을 앓던 배상국이 결국 아무것도 넘기지 못하고 자리에 쓰러졌다.

"난, 난, 살아서 집에 가야 해. 나 좀 살려줘. 신형, 나 좀 살려줘. 문형, 나 좀 살려줘. 반장님, 나 좀 살려주세요."

얼굴에 뼈만 남은 배상국은 두려움이 가득 찬 눈으로 둘러선 사람들을 붙들며 몸부림쳤다.

의사가 와서, 배상국이 작업에 나가지 않아도 된다고 판정했다. 의무실로 옮길 자리가 없어서 의사가 직접 막사를 도는 형편이었다.

작업을 마치고 돌아와보니 배상국은 눈을 번히 뜬 채 죽어 있었다. 이질에 걸리면 곱똥을 싸고, 피똥을 싸고, 느끼한 묽은 물을 쏟아내고, 그러다가 음식을 넘기지 못하면, 죽었다.

10월이 오면서 찬바람이 일자 이질은 마지못한 듯 사라져갔다. 그러나 죽어가는 사람들은 없어지지 않았다. 사람들이 시름시름 앓다가 죽어가고 또 죽어갔다. 의무실로 옮겨도 별다른 병이 없다고 했다. 그런데 작업을 하다가도 비실비실 쓰러져 죽었다. 그러면 감독병이 수첩에 번호를 적고, 아무 데나 파묻게 했다. 포로들은 그저 하나의 번호일 뿐이었다.

"어쩌겠소. 오랫동안 굶주릴 대로 굶주리면서 중노동에 시달리니 쇠약해진 몸이 더는 견디지 못하고 죽을 수밖에."

한 세르게이가 먼 하늘을 바라보며 기운 없이 말했다.

"그런데 말입니다, 빵이 다른 게 그렇게 차이가 날까요? 작업장을 오가면서 가끔 영국군이나 미군 포로들을 보면, 그 사람들은 우리처럼 이렇게 형편없이 마르지는 않았거든요."

신길만은 오래 전부터 이상하게 여겨왔던 말을 꺼냈다.

"신형은 아직도 그걸 모르고 있는 모양이군요. 그건 빵 때문만이 아니오. 영국군과 미군 포로들은 거의가 집에서 보내오는 소포를 통해서 영양실조에 걸리지 않게끔 제대로 먹고 있어요. 소시지 버터 치즈 같은 영양 좋은 식품들은 말할 것도 없고, 과자 등속에 커피, 심지어 담배까지 받고 있다는 거요. 그런 고급 식품들을 경비병들에게 슬쩍 찔러주고 해서 일도 수월하게 넘기고 한다는데, 경비병들 사이에서 오가는 말이, 미군 수용소는 천당이고 우리 쏘련군 수용소는 지옥이라고 한답니다."

한 세르게이가 떫은 입맛을 다시며 웃음지었다.

"예에, 그런 말 할 만하네요. 헌데, 왜 쏘련 사람들 집에서는 그런 게 안 오지요?"

신길만은, 영국이나 미국보다 가난해서 그런가요? 하는 말은 하지 않았다.

162

"그게 다 그럴 만한 이유가 있소. 신형은, 우리 스탈린 동지가 '항복을 한 자나 포로가 된 자들은 모두 조국의 배신자들이다'라고 한 말을 기억하고 있소? 그것 때문이오. 여기서 집에 편지를 보내 먹을 것을 보내달라고 하면 그건 곧 비밀경찰에, 나는 포로가 되어 있소, 하고 알려주는 것이 되오. 조국의 배신자면 곧 반동인데, 쏘련에서 반동으로 지목되면 본인은 물론이고 가족들까지 아주 곤란해져요. 그래서 고생이 되더라도 참자 하고 아무도 편지를 안 보내는 거요. 전쟁이 끝나서 포로였다는 것이 드러나면 그때 혼자 무슨 처벌을 받는 게 나으니까."

한 세르게이의 깡마른 모습이 무척 외로워 보였다.

"포로가 되고 싶어 된 게 아닌데, 처벌은 무슨 처벌을 받지요?"

신길만의 바짝 마른 몸에서 나오는 목소리에는 열기가 묻어 있었다.

"모르겠소. 그때 가서 당해봐야지."

한 세르게이가 근심스러운 한숨을 쉬었다.

신길만은 그제야 한 세르게이나 다른 고려족들이 전혀 편지를 쓰지 않은 이유를 알았다.

겨울이 다시금 시작되었다. 추위 속에서 포로들은 날마다 죽어갔다. 신길만은 반장 한 세르게이가 적이 걱정스러웠다. 나이 많은 그 사람은 갈수록 기운을 잃어가고 있었다. 빵 한 쪽, 국 한 모금이라도 보태주고 싶었다. 그러나 그건 마음뿐이었다. 식사를 시작하면 더 많이 먹고 싶은 욕구에 사로잡혀 허덕거렸다.

1월의 혹한 속에서 결국 한 세르게이가 눈을 감았다. 얼어붙은 땅을 파면서 신길만은 눈물을 떨구었다.

"난 애들이 셋이오. 아내 올가가 고생이 많을 텐데 전쟁은 언제 끝날는지……"

언젠가 한 세르게이가 했던 말이 여운 길게 남아 있었다.

새 반장은 소련말을 잘하는 최 유기아노프가 맡았다. 그는 반장 하는 것을 싫어했다. 한 번이라도 더 독일군을 상대해야 하는 것이 싫다는 것이었다. 그러나 수용소 측에서 소련말을 시켜보고 지명한 것이라 그는 피하지 못했다.

수용소는 혹독한 추위보다 더 두려운 공포 분위기에 휩싸여 있었다. 포로들은 둘 중 하나가 죽어나가는 판이었다. 나도 언제 죽어갈지 모른다는 공포가 포로들을 짓누르고 있었다.

그런데 눈이 녹기 시작하면서 뜻밖의 일이 생겼다. 신길만은 어느 날 관리사무실로 불려갔다.

"지금 당장 이루고 싶은 소원이 무엇인가? 딱 한 가지만 말하라."

독일군 장교는 소련말로 말했고, 반장 최 유기아노프가 통역했다.

그 갑작스러운 말에 신길만은 멈칫했다. 지금 당장……, 딱 한 가지…… 집으로 돌아가는 것? 아니었다. 그건 지금 당장 이루어질 일이 아니었다.

"배불리 먹는 것입니다."

신길만은 또렷하게 대답했다.

"좋아. 당장 배불리 먹여주겠다. 그럼 시키는 일은 무엇이든지 할 수 있겠나?"

"예."

신길만은 재빨리 대답했다.

"좋아. 그럼 우리 독일군으로 근무하도록 하라!"

장교가 날카로운 눈으로 신길만을 쏘아보며 말했다.

"예에……?"

신길만은 깜짝 놀랐다. 무엇이든지 할 수 있겠느냐는 것이 그것일 줄은 꿈에도 몰랐던 것이다. 소련군이 되라고 했었던 그때처럼.

"왜, 싫은가?"

장교의 얼굴이 싸늘해졌다.

"아니, 저어……"

신길만은 당황했다. 어찌해야 좋을지 알 수가 없었다. 순간적으로 반장 최 유기아노프를 쳐다보았다. 그의 눈이, 그렇게 하라, 고 말하고 있었다.

"예, 그렇게 하겠습니다."

여기서 살아 나가야 한다. 살아서 고향에 돌아가야 한다. 대답을 하는 순간 신길만은 이 생각만을 꽉 붙들고 있었다.

"좋아, 그대의 현명한 선택을 환영한다. 그런데, 너는 스탈린이 조선인들을 강제이주시킨 것을 알고 있는가?"

장교는 더없이 부드럽게 웃으며 물었다.

"예."

"그때 너희 민족을 십만 명이 넘게 죽인 사실도 알고 있는가?"

"예."

"똑똑하군. 그럼, 스탈린이 너희들 같은 소수민족들의 말도 쓰지 못하게 강압하고, 고유한 풍습도 지키지 못하게 억압하는 것도 알고 있는가?"

"예."

"봐라. 너희 민족은 스탈린에게 짓밟히고 착취당하는 노예가 되어 있다. 우리 독일은 스탈린에게 고통당하고 있는 모든 소수민족들을 독립시키고, 구해줄 것이다. 그러면 너는 독일군으로서 독일에 충성을 다할 수 있는가!"

"예."

신길만은 그 대답은 쉽게 했다. 소련군이 될 때 이미 했던, 두번째 대답이었다.

"좋아. 그대는 오늘부터 자랑스러운 독일 제국의 군인이다. 잘 먹고, 건강하기 바란다."

장교는 벌떡 몸을 일으키더니 큰 손을 내밀었다. 신길만은 얼떨결에 털북숭이의 흰 손을 마주 잡았다.

독일군이 되기로 한 포로들은 다음날 오전에 수용소를 벗어나 기차를 탔다. 수용소가 텅 빌 지경이었다. 특히 동양인들은 거의 다 기차의 승객이 되었다. 그들은 이제 화물칸이 아니라 편안한 승객칸에 타고 있었다.

석 달만 더 견디면 되었을 텐데…… 신길만은 한 세르게이를 생각하며 멀어지는 수용소를 오래도록 바라보고 있었다.

독일군 훈련소에 도착하자마자 샤워장으로 밀려들어갔다. 뜨거운 물이 쏟아지는 속에서 거품 잘 일어나는 비누로 몸을 씻는 것은 포로가 되고 나서 처음이었다. 수용소에서는 더위를 식히려고 찬물을 끼얹고는 했던 것이 고작이었다. 발가벗은 그들의 몸은 사람의 몸이 아니었다. 살껍질과 뼈가 맞닿은 처참한 몰골이었다. 갈비뼈는 송두리째 다 드러나고, 다리는 말라비틀어진 나무토막처럼 가늘고 길었다. 그들은 서로의 모습을 보며 눈물을 삼켰다.

신길만은 입에 물을 머금다가 새삼스럽게 이가 세 개나 빠져나간 것을 혀끝으로 확인했다. 그러나 수용소에서 이가 세 개 정도 빠지는 것은 그저 예삿일이었다.

샤워를 마치고 나와 독일군 군복을 받았다.

"이게 무슨 놈의 팔자야그래."

그 이상스럽게 생긴 독일군의 철모를 이모저모 살펴보며 문복동이 뚱하게 말했다.

"별수 없지 뭐."

김재석이 철모를 푹 눌러쓰며 웃었다. 그 슬픈 웃음을 신길만은 서글픈 마음으로 바라보고 있었다.

독일군으로 그들이 받아든 첫 식사는 황홀할 지경이었다. 주먹만한 고깃덩어리, 큰 감자 구운 것, 콩 · 당근 · 시금치 삶은 것, 되직하게 걸쭉한 국, 윤기 자르르 흐르는 빵 두 개와 버터. 그 한 끼의 음식이 지니는 영양가와 맞먹으려면 수용소의 음식 한 달분을 합쳐야 할 것인가, 두 달분을 합쳐야 할 것인가…… 신길만은 이런 생각을 하며, 용케 죽을 고비를 넘겨 수용소에서 벗어난 것에 목이 메고 있었다.

"자아, 아무리 목구멍에서 고무래질을 하더라도 꼭꼭 씹어 가면서 천천히들 먹읍시다. 빈속에 급하게 먹다가 체하면 약도 없어요. 급체는 급사라 했는데, 여기서 죽으면 말이 안 되잖아요?"

최 유기아노프가 모두를 둘러보며 반장답게 말했다.

"말은 지당한 말인데, 죽는다는 건 거 좀……"

이규선이 언짢은 표정을 지었다.

"이형, 일부러 그렇게 심하게 말한 것 아니겠어. 다 알면서 뭘 그래."

입 무거운 문복동이 이규선에게 눈짓했다.

"예, 알아요. 꼭꼭 씹어서 천천히 맛있게 먹겠습니다."

이규선이 반장에게 고개를 꾸벅하며 함박웃음을 지었다. 크게 벌어진 입에 이 빠진 자리가 여러 개 비어 있었다.

신길만은 고기를 잘라 입에 넣었다. 구수한 고기 냄새가 입 안에 퍼졌다. 군침이 지르르 흘렀다. 고기의 감촉에 혀가 요동쳤다. 고기를 꿀떡 삼켜버리고 싶도록 목구멍이 크게 열리고, 어서 넘겨달라고 뱃속에서는 아우성치고 있었다. 그대로 삼키고 싶은 욕구를 누르며 고기를 잘근잘근 씹기 시작했다. 졸깃졸깃한 육질의 탄력에 이들이 일제히 환호한다. 향기로운 고기 냄새가 씹을수록 진하게 퍼진다. 그리고 달치근하면서도 고소한 고깃물이 입 안 곳곳으로 스며든다. 막으려고 했지만 고깃물이 저절로 목구멍으로 넘어가 뱃속으로 흘러들어간다. 아, 이제야 살 것 같다! 아, 이제는 살아났구나! 그는 다른 생각은 아무것도 없었다. 이제는 죽음에서 완전히 벗어났다는 확인. 그 안도감에 고기를 천천히 오래오래 씹으려고 했다. 그러나 고기는 어느새 목으로 넘어가고는 했다.

다음날부터 부대 편성이 시작되었다. 넓은 훈련소에 득시글거리는 것은 모두 노란 피부의 동양인들이었다. 신길만은 그곳이 독일이 아니라 몽골이나 만주 어디쯤 되는 것 같은 기분을 느꼈다.

사나흘이 걸린 부대 편성에서 신길만네는 타지키스탄 부대에 배속되었다. 거기서 탄생된 것이 키르기스스탄 부대, 카자흐스탄 부대였다. 민족별로 부대를 편성한 것이었다. 그 부대들은 통칭 동방대대라고 이름 붙여졌고, 부대마다 마크가 달랐다.

"다른 데서도 또 부대가 만들어지고 있다면서?"

"동방대대를 전부 합치면 백여만 명이라니까 당연히 그렇겠지."

"그렇게 많이 죽었는데도 살아남은 사람들이 백여만이라니. 그럼 도대체 쏘련군으로 끌려온 동양인들이 얼마라는 거야?"

"글쎄, 수용소에서 두 명 중에 한 명꼴로 죽어갔으니까 죽은 사람들 백여만 잡고, 포로가 되지 않은 사람들이 지금 쏘련군에 더 많이 있을 것이고, 싸우다 죽은 사람들도 있을 것이고……, 수백만 되지 않겠어?"

신길만네는 담배까지 피우며 이런 이야기도 느긋하게 나눌 수 있었다.

수용소에서 서류가 넘어와 신원조사는 새로 받지 않았다. 훈련도 며칠 만에 간단하게 끝났다. 독일군 소총 다루는 법을 익힌 정도였다. 그 정도 훈련은 강제노동으로 혹사당해온 그들에게는 배불리 먹은 음식을 소화시키기에 알맞은 운동이나 비슷했다.

동방대대는 근무 배치를 받아 부대별로 이동하기 시작했다. 그런데 동방대대는 전투가 치열한 동부전선으로 가지 않고 싸움이 잠잠해져 있는 서부전선으로 간다고 알려졌다. 그 이유는 두 가지였다. 동양인들이 독일어가 통하지 않아 전투를 수행하기 곤란하니까 서부전선에서 앞으로 닥칠 전쟁 준비를 한다는 것이었다. 그리고 의심 많은 히틀러가, 동방대대를 동부전선에 투입했다가는 소련군에 합세해버릴지도 모른다고 우려하기 때문이라고 했다.

"좌우간 히틀러가 고맙지 뭐야."

"누가 아니래. 또 전쟁터로 가게 될까봐 난 얼마나 조마조마했다고."

"제기랄, 의심받고도 기분 좋기는 생전 첨이네."

"그렇다니까. 우리가 무사히 살아서 고향에 돌아갈 운이 열렸나봐."

"그럼, 그럼. 그 동안에 얼마나 많이 죽을 고비를 넘기면서 살아남은 건데."

"다들 조상 묘를 잘 쓴 모양이야."

"그나저나 어서 살이 올라야 할 텐데. 예전처럼 몸이 실해져야 무슨 일이든 견디지."

"이런, 번갯불에 콩 볶아먹기도 유분수지. 제대로 얻어먹은 게 며칠 됐다고."

"아니, 나는 벌써 뱃가죽에 살이 잡히는 걸 뭐."

"어디, 그놈의 뱃가죽 좀 구경하자구. 간사한 놈의 뱃가죽 같으니라구."

"아이고, 간지러워. 흐흐흐……"

신길만네는 기차를 타고 가면서 오랜만에 웃음을 나누고 있었다.

"참 신기하네."

신길만은 창밖을 바라보며 중얼거렸다.

"뭐가?"

맞은편에 앉은 김재석이 물었다.

"저 들판에 파랗게 새싹 돋는 거."

"아니, 봄이 오면 새싹 돋는 거 첨 봐?"

"응, 첨 보는 것 같애. 수용소에 있을 때는 봄이 와도 새싹이 안 보였거든. 사시장철 그저 검은 막사하고 철조망만 보였지."

"그거 맞어. 말을 듣고 보니 나도 그랬어. 그거 참 이상하네."

이규선이 반색하듯 말했다.

"그게 뭐가 이상해. 사람 맘이 다 그런 거지. 몸만 갇히나. 마음도 갇히지."

문복동이 심드렁하게 말을 받았다.

"문형은 말은 많이 하지 않으면서, 하는 말마다 공자님 말씀만 골라 한다니까."

이규선이 마뜩잖은 표정을 지었다.

"그래, 문형 말이 옳아. 몸이 갇히니 마음도 갇혀서 그리된 거지. 오죽하면 미친 사람들이 생기고 그랬겠어."

신길만은 고개를 끄덕였다.

그들이 밤새워 도착한 곳은 어느 들판이었다. 인적이 없는 그곳에 보이는 것이라고는 멀리 지나가고 있는 기찻길과 무성한 전나무숲뿐이었다. 그들은 서로 눈치만 보며 말이 없었다.

인솔하는 독일군들을 따라 타지키스탄 부대원들은 한참을 걸었다. 멀리 보였던 전나무숲이 가까워져 있었다. 그리고 막사 세 개가 나타났다. 그 막사는 포로수용소의 막사와 다를 것이 없었다.

"저게 뭐야!"

김재석의 입에서 갑자기 나온 소리였다. 그 낮은 소리는 겁질려 있었다.

"겁먹지 마. 다시 가두는 건 아닐 테니까. 우린 이제 이거잖아."

신길만은 자신의 작업모를 툭 쳐 보였다.

"응, 그렇지. 괜히 가슴이 철렁했네."

김재석이 어물거렸다.

"오늘은 쉬고, 내일부터 작업을 시작한다. 지금 형편이 급하다. 최대한 신속하게 완성시켜야 한다. 모두 힘을 합쳐 총력을 다해주기 바란다. 공기를 단축하면 그만한 보상을 해줄 것이다."

독일군 장교의 말이었다.

그는 무엇을 짓는 것인지 말하지 않았다. 그렇다고 누가 묻지도 않았다.

다음날부터 건축공사가 시작되었다. 독일군 기술자들이 지시했고, 타지키스탄 부대원들은 일꾼 노릇을 했다. 하루가 다 가지 않아 그들은 자기들이 무슨 일을 하게 된 것인지 알았다. 포로수용소를 짓는 것이었다.

　"왜 일을 시켜도 하필 이런 거야그래."

　"글쎄 말이야. 기분 참 안 좋네."

　"그나저나 전쟁이 얼마나 심하게 벌어지고 있으면 수용소를 이리 지어대는 거야?"

　"한두 나라가 싸우는 게 아니니까."

　"빌어먹을, 이놈의 전쟁은 언제나 끝날 거야그래."

　"아까운 우리 청춘 다 가네."

　그들은 시름겹게 잠자리에 들었다.

　두 달 예정이었던 공사를 엿새 앞당겨 끝냈다.

　"여러분들의 노고에 감사한다. 약속한 대로 선물을 주겠다. 육 일 동안 휴식에, 보급을 두 배로 늘린다."

　독일군 장교는 처음으로 만면에 웃음을 띠며 흡족해했다.

　"그 사람도 웃을 줄 알데."

　문복동이 피식 웃었다.

　"그러게. 그 사람은 태어날 때부터 그리 돌덩이 같은 얼굴인 줄 알았지 뭐야."

이규선이 말을 보탰다.

"세상에 웃을 줄 모르는 사람이 어딨어요. 전쟁통에 장교 노릇 하느라고 그리된 거지."

농담할 줄 모르는 최 유기아노프 말에 그들은 모두 웃었다.

그들은 육 일 동안의 휴식에 비해 식사량이 훨씬 많아진 것은 그다지 반기지 않았다. 평소에 배고픔을 느끼지 않았고, 그들의 몸도 이제 정상으로 살이 올라 있었다.

그들 부대는 다른 곳으로 옮겨다녔다. 군대 시설을 보충하거나, 창고 같은 것을 짓는 건축공사를 했다.

9월이 되어 타지키스탄 부대는 긴 이동을 했다. 기차에서 이틀 밤을 새웠다. 밤에는 담배도 못 피우게 했다. 공습 때문이었다.

"제기랄, 우리는 어느 편을 들어야 하는 거야?"

이규선이 투덜거렸고,

"편은 무슨 편. 살아날 궁리만 하면 되지."

김재석이 마땅찮아하는 투로 말했다.

그들이 당도한 곳은 바닷가 가까이에 주둔하고 있는 어느 부대였다. 다음날 타지키스탄 부대는 독일군들에 의해 재편성되었다. 두 개 부대로 나누어졌는데, 신길만네 부대 명칭은 '동방대대 795부대'가 되었다. 나중에 안 일이지만, 동양인들이 폭동을 일으키거나 저항할 것을 우려해 소규모로 분산 배치시킨 것이라고 했다. 부족한 병력을 충당했으면서도 히틀러는 줄곧 의심을 버리지 못하고 있었다. 그러나 그들은 별로 기분 나빠하지 않았다. 독일군들이 줄기차게 감시하고 경계해왔다는 것을 다 눈치채고 있었기 때문이다.

부대 편성이 끝나자 그들은 바로 바닷가로 인솔되었다. 바다는 넓고, 해변의 모래사장은 길었다. 그러나 사람의 모습은 찾을 수가 없었다. 텅 빈 모래톱에 파도만 새하얀 물꽃을 피워내며 겹겹으로 밀려와 부서지고 있었다. 그 적막이 전시를 실감시키고 있었다.

"이 모래밭에다가 방어 장애물을 설치한다!"

이상하게 쇳소리가 나는 것 같은 독일말을 젊은 장교가 목청껏 외치며 지휘봉으로 좌우의 해변을 가리켰다.

방어 장애물이란 에이치 빔 비슷하게 생긴 쇠기둥이었다. 사람 키 높이인 그 쇠기둥을 모래밭에 박아나가는 것이 그들이 할 일이었다. 독일군 네댓 명이 나와 시범을 보였다. 쇠기둥이 무거운지 몸집 큰 그들도 낑낑거렸다. 쇠기둥이 절반쯤 묻히게 모래밭을 파고, 다시 메우는 일이었다.

그들은 조를 짜서 독일군들의 지시에 따라 작업을 시작했다. 그런데 그 일은 보기보다 쉽지 않았다. 쇠기둥은 무거울

뿐만 아니라 날카롭게 각진 데가 많아 자칫 잘못하면 얼굴이
나 손이 찢길 위험이 많았다. 그리고 쇠기둥을 무작정 구덩이
에 박아 세우는 것이 아니었다. 바다 쪽을 향해서 사십오 도
정도 기울어지게 눕혀 세워야 했다. 독일군들은 그 기울기를
심하게 감독했다. 그 다음에 신경쓰는 것이 앞줄 쇠기둥과 뒷
줄 쇠기둥이 서로 엇갈리게 배치하는 것이었다. 세 줄, 네 줄,
다섯 줄……, 줄마다 조금씩 다른 위치로 엇갈려나갔다.

오전 작업을 마치고 점심을 먹으려고 언덕으로 올라간 그들
은 그 쇠기둥들이 왜 장애물이 될 수 있는 것인지 확연하게 알
수 있었다. 언덕 위에서 총을 난사하게 되면, 열 겹이 넘게 서
로 엇갈리면서 촘촘하게 박힌 쇠기둥밭을 적이 뚫고 오기란
거의 불가능한 일이었다.

날마다 쇠기둥을 박아나갔다. 풍광 좋은 해변은 보기 흉하
게 망가져가고 있었다. 그것을 슬퍼하기라도 하듯 가끔 갈매
기들이 끼룩거리며 날았다.

며칠이 지나 그들은 그곳이 프랑스 땅 노르망디 해변이라는
것을 알았다.

"프랑스? 프랑스가 어디야?"

"우리가 불란서라고 배웠던 나라 있잖아."

"그건 아는데, 어디쯤 되느냐고."

"그걸 아는 사람이 우리들 중에 누가 있어."

"하, 이런 답답. 우리나라에서 더 멀어진 건가?"

"그런 것 따져 뭘 해. 더 멀어졌다고 해봤자 우리가 이틀 밤낮 기차 타고 온 것만큼 멀어진 건데."

"이틀 밤낮이면 얼마나 되지? 천 리는 넘을 거고, 이천 리?"

"인심 푹 써서 삼천 리라고 해봤자, 어차피 수만 리 떨어져 있는 형편에 그까짓 것 아무것도 아니잖아."

"그나저나 여기가 어디쯤인지는 알아야 되잖아. 나라가 또 바뀌었는데."

"아이고, 이럴 줄 알았더라면 소학교 때 교무실 앞 복도에 붙어 있었던 세계지도를 똑똑히 봐두는 건데."

"누가 아니래. 답답해서 미치겠네."

장애물 설치는 몇 달 동안 계속되었다. 노르망디의 긴 해안은 온통 쇠기둥으로 뒤덮이고 말았다. 그들은 작업하는 동안에 이런저런 것을 귀동냥할 수 있었다. 독일군은 덴마크라는 나라에서부터 스페인이라는 나라의 해안까지 몇천 리에 걸쳐서 '대서양 방벽'이라는 것을 설치하고 있다는 것이었다. 그런데 적국인 영국과 가장 가까운 이 노르망디 해변으로 적들이 상륙작전을 감행해올 위험이 커서 특별히 그렇게 튼튼한 방어벽을 설치한다고 했다.

쇠기둥 박기를 끝낸 그들을 기다리고 있는 것은 해안의 언덕에 벙커를 만드는 일이었다. 벙커 작업은 참호를 파는 일과 달랐다. 땅속에서부터 견고한 시멘트집을 지어올리는 것과 같았다. 벙커 안은 다섯 평이 넘게 넓었고, 벽과 지붕은 철근을 넣은 시멘트가 두 뼘이 되도록 두꺼웠다. 어떤 폭탄이 떨어져도 끄떡없을 만큼 튼튼했다. 그 벙커에는 바다 쪽으로 직사각형의 긴 총구가 뚫려 있었고, 양쪽 옆의 작은 출입문은 다른 벙커로 이어지는 참호에 연결되어 있었다.

"안전한 것도 좋지만 무슨 벙커를 그리 미련스럽게 짓냐."

"천년만년 싸울 모양이지."

"그러게 말야. 사람 수없이 죽이고, 물자 없애고 하면서 전쟁은 왜 하는지 원."

"다 미친 짓들 하는 거지 뭐."

"아아, 고향에는 언제나 가게 될라는고."

"난 요새는 고향 꿈도 잘 안 꿔져."

"당연하지. 난 내 나이도 잊어버렸는데."

그들은 이런 푸념을 하다가 피곤에 전 몸을 잠자리에 누이고는 했다.

벙커공사는 4월 말쯤에 완료되었다. 벙커마다 독일군들이 배치되었다. 그러나 신길만네 부대원들은 잠시도 쉴 틈이 없었다. 뒤쪽에 있는 탄약고를 겸한 벙커에서 새 벙커로 탄약상자들을 운반해야 했다. 그 일은 어떤 일보다도 힘겨웠다. 탄약상자들이 쇳덩어리 무게인데다가, 폭발 위험이 있기 때문이었다.

그런데 날이 갈수록 전쟁 분위기가 이상하게 변해가는 것을 그들은 느끼고 있었다. 가장 표나는 것이 적군의 야간공습이었다. 밤마다 공습 사이렌이 울리지 않는 날이 없었고, 심할 때는 자다가 세 번씩이나 일어나 대피해야 했다. 그리고 독일군들의 기색도 전과 달라지고 있었다. 그들은 초조하게 바삐 움직였고, 웃는 모습도 보기 어렵게 되었다.

"독일이 몰리는 건가?"

"글쎄, 뭔가 심상치 않아."

"어쨌거나 이쪽으로 상륙작전이 벌어지지 말아야 할 텐데."

"적진에서도 저렇게 어마어마하게 방어시설을 한 걸 모를 리 없을 테니까 미련하게 이쪽으로 덤비지는 않겠지."

"그렇게 되면 얼마나 좋겠어. 우리가 고생한 덕 보는 거지."

그들은 모여앉으면 이런 이야기를 나누며 독일군들의 움직임에 신경을 곤두세웠다.

그런데 6월로 접어든 어느 날 그들이 걱정했던 사태가 마침내 터지고 말았다. 바다를 뒤엎는 듯한 폭음들이 바로 앞 해변에서 진동하기 시작했다. 아침을 먹고 나서 얼마 안 된 때였다.

"빨리빨리 탄약을 운반하라, 빨리!"

독일군 장교가 지휘봉으로 곧 후려칠 듯이 고함을 질러댔다.

세상은 온통 폭음과 총소리로 뒤범벅이 되고 있었다. 신길만네 부대원들은 땀을 뻘뻘 흘리며 탄약상자들을 날랐다. 기관총을 얼마나 난사해대는지 탄약상자들이 금세금세 비었다.

"미친놈들이야, 미친놈들. 얼마나 많이 죽으려고 하필 이쪽으로 쳐들어와."

문복동이 이마의 땀을 훔치며 고개를 내둘렀다.

"하여튼 다들 조심해. 폭탄이 아무 데나 마구 떨어지고 있으니까."

신길만이 탄약상자 한쪽 손잡이를 잡으며 말했다.

탄약상자 앞뒤를 양쪽에서 들고 그들 넷이 막 벙커를 나설 때였다. 바로 앞에서 고함치는 소리가 들렸다.

신길만은 처음 보는 모습의 군인들이 총을 겨누고 있는 것을 보았다. 그들은 곧 총을 쏘아버릴 것 같은 사나운 기세였다.

신길만은 탄약상자를 떨어뜨리고 두 팔을 들어올렸다. 신길만을 따라 김재석도, 문복동도, 이규선도 두 팔을 뻗쳐올렸다.

4. 미군의 포로

신길만과 세 사람을 포로로 잡은 것은 미군이었다. 전날 밤에 투하된 미군 공수부대는 노르망디 해변을 향해 협공을 가해오고 있던 참이었다. 그들 네 명이 잡힌 것처럼 노르망디 해변의 긴 전선에 배치되어 지원작전을 하고 있던 동방대대원들은 거의 다 포로가 되었다.

노르망디 전투에서 독일군은 무너졌다. 하얀 천을 담그면 금방 핏빛으로 변할 만큼 피로 물들었던 바다는 언제 그런 살육전이 벌어졌냐는 듯 잔잔했고, 그 바다에는 전함 대신 수송선들이 떠 있었다. 미군의 포로 처리는 신속했다. 노천에 책상을 내다놓고 이름과 국적, 두 가지만 기록했다. 신길만네보다 좀 늦게 잡혀온 최 유기아노프가 소련말을 하는 정보장교에게 신길만의 이름을 신 미하일이라고 댔다. 그 장교는 더 물을 것 없다는 듯 국적을 'Soviet'라고 적어넣었다.

그 간단한 조사를 마친 포로들은 곧장 바다로 걸어들어갔다. 저 멀리 떠 있는 수송선을 향해 가는 무리들의 모습은 온갖 잡새들이 뒤엉켜 날아가는 것처럼 어지러웠다. 미군들은 총을 들고 두 줄로 서서 길을 만들고 있을 뿐 아무런 통제도 하지 않았다.

"저게 미국 배면, 미국으로 가는 걸까요?"

군화를 신은 채 바닷물을 첨벙거리고 걸으며 신길만이 물었다.

"그런 모양이오. 미국이 어디쯤인지 원."

최 유기아노프는 어깨 처지는 한숨을 쉬었다.

"빨리빨리 걸어. 딴 배로 갈라져 외톨이 되고 싶어!"

이규선이 약간 뒤처져 오는 문복동을 향해 소리쳤다.

"아이고, 배까지 타고 또 어디로 가는 것이냐. 그래, 좋다. 빌어먹을, 온 천지 유람을 해보자."

문복동이 허전하게 웃으며 그들을 따라붙었다.

군수물자를 싣고 온 미군 수송선은 돌아가면서 포로들을 실은 것이었다. 포로들을 가득가득 태운 수송선들이 먼 수평선을 향해 느릿하게 움직이기 시작했다.

수송선에서 하룻밤을 잔 그들은 여러 가지로 놀라고 있었다. 딴 나라 군대하고는 다르게 미군들은 포로들을 마구잡이로 닦달하지 않았다. 아침에 집합시켜 간단하게 인원점검을 할 뿐 아무 간섭도 지시도 하지 않고 내버려두었다. 총을 들고 그저 왔다갔다할 뿐이었고, 눈길이 마주치면 싱긋 웃음을 보내기까지 했다. 그런데, 더 놀라운 것은 식사였다. 포로라는 차별 전혀 없이 미군들이 전투중에 먹는다는 통조림 상자를 그대로 나눠주었다. 그들은 전혀 포로가 된 기분이 아니었다.

　"이거 참 이상하네. 나라가 달라졌다고 이렇게 달라질 수 있나?"

　"그러게 말이야. 다 똑같은 백인들인데."

　"두고 봐야지. 끝까지 이럴지 어떨지."

　"하긴 그래. 미국에 도착해서 뒤바뀔 수도 있겠지."

　그들은 몸은 편했지만 마음은 편하지 못했다.

　배는 이 주일 만에 미국에 도착했다.

　기차를 탄 그들은 또 놀랐다. 화물칸이 아니라 승객칸이었다.

　수용소에서 첫 식사를 받고 그들은 비로소 안도감을 느꼈다. 음식은 소련과 독일의 수용소에서 먹었던 그런 형편없는 포로용 음식이 아니었다. 소련군이 되고, 독일군이 된 다음에 먹을 수 있었던 음식과 별로 다를 것이 없었다. 그리고 수용소

시설도 그전 나라들과 비교가 안 되게 좋을 뿐만 아니라 행동 통제도 그다지 심하게 하지 않았다. 탈출하려고 들면 얼마든지 탈출할 수 있을 정도였다. 이렇게 대우 잘해주는데 도망갈 테면 어디 도망가봐라, 하는 배포처럼 느껴질 지경이었다.

그러나 여기서도 마냥 놀고먹이는 것은 아니었다. 며칠 쉰 다음에 노동이 시작되었다. 그러면 그렇지, 하고 포로들은 쓴웃음 짓거나 고개를 떨구었다. 그러나 노동도 철도공사나 도로공사처럼 힘든 것이 아니었다. 가장 힘들다는 것이 벌목 정도였고, 거의가 큰 농장에 나가 농사일을 하는 것이었다. 배불리 먹으면서 하는 일이라 아무도 힘들어하지 않았다. 더구나 군인들은 경비만 서고 있을 뿐 일을 많이 부려먹으려고 다그치는 적이 없었다. 그러다보니 꾀를 부리고 게으름을 피우는 사람들이 더러 있었지만, 될 일은 그런대로 다 되어갔다. 가끔 주먹다짐을 하거나, 물건을 훔치다가 들키는 말썽꾼들이 생기고는 했다. 그러나 그런 규칙 위반자라고 해서 구타하는 일은 전혀 없었다. 폭력 행사 대신 벌을 심하게 내렸다. 혼자서 한 달 동안 넓은 점호장을 쓸게 하거나, 두 달 동안 식당에서 그릇을 닦게 하거나, 막사에 페인트칠을 하게 했다. 시킬 일이 없을 때는 사방 이 미터, 깊이 이 미터의 구덩이를 파게 하고, 다 파면 거기다 종이 한 장을 던지거나 돌 하나를 던져넣고는 다시 메우게 하는 일을 며칠씩이고 시켰다.

특히 막사 안의 생활은 아무런 통제나 간섭 없이 자유로웠다. 그러자 어떤 취미 고상한 포로는 벌목을 나갔다가 다람쥐를 잡아와 몰래 키우다 들켰다. 그러나 그 사람은 벌을 받지 않았다. 애완동물을 기르는 취미로 인정해준 것이다. 그리되자 어디서들 구했는지 새를 기르는 사람, 고양이를 기르는 사람이 뒤를 이었다.

"이런 포로생활이라면 평생도 하겠네."

어느 날 이규선이 말했다.

"농담이라도 그런 말은 하지 마. 말이 씨 된다는 말 몰라!"

신길만의 눈초리가 싸늘했다.

"거 뭐 성질내고 그래. 이만하면 사람 살 만하다는 얘기지."

이규선이 무색해진 얼굴로 어물어물했다.

"괜히 신형 속 건드리지 마. 신형은 요새 우리가 이 미국에서 우리나라로 곧장 돌아갈 수 있는 길을 찾아내려고 무진 애를 다 쓰고 있으니까."

문복동이 이규선의 어깨를 두들기며 말했다.

신길만은 언제부턴가, 다른 나라에 비해 포로를 월등하게 사람 대접 해주는 미국에 강한 기대를 품고 있었다. 이런 나라라면, 언젠가 전쟁이 끝나면 바로 우리나라로 보내줄 것 같았

던 것이다. 그렇게 되려면 먼저, 포로 명단에 잘못 적혀 있는
국적과 이름을 바로잡아야 했다. 벌써 수용소 생활 넉 달이 지
나가고 있었다. 어물거리다가 전쟁이 끝나면 또 어떻게 될지
알 수 없는 일이었다. 마음이 차시간에 쫓기는 사람처럼 다급
했다. 그런데 말이 통하는 사람이 아무도 없었다. 최 유기아노
프를 앞세워 소련말을 할 줄 아는 미군을 찾아내야 하나……?
그러나 그건 가능한 일이 아니었다. 최 유기아노프가 영어를
한마디도 할 줄 모르니 '당신 소련말 할 줄 아느냐?'는 첫마
디부터 입 밖에 낼 도리가 없는 일이었다. 그래서 생각해낸 것
이 소련 사람들 중에서 영어를 할 줄 아는 사람을 찾아내기로
했다. 그러나 일을 시작하기 전에 걱정이 앞섰다. 수용소에는
동양인과 독일 사람들은 많았지만, 백인인 소련 사람들은 별
로 없었다. 소련군으로 포로가 되었다가 독일군이 된 백인은
얼마 되지 않기 때문이었다. 신길만은 그 걱정으로 신경이 곤
두서 있던 참이었다.

신길만은 노동 일과가 끝나면 날마다 최 유기아노프의 등을
떠밀어 소련 사람들을 찾아다녔다. 그러나 날마다 실망만 쌓
여갔다. 장교들이면 또 모를까 배운 것이 많지 않은 일반 사병
들 중에 영어를 할 줄 아는 사람이 있을 리 없었다.

해가 바뀌고, 귀가 번쩍 뜨이는 소문이 들려왔다. 미국 서부

지역에 있는 여러 포로수용소에 일본군으로 끌려갔다가 포로
가 된 조선 사람들이 많이 있다는 거였다. 신길만은 가슴이 벌
떡거리도록 흥분했다. 그들은 바로 자신이기도 했던 것이다.
자신이 노몬한 전투에서 소련군과 싸우지 않고, 몇 년 후에 미
군과 싸웠더라면 자신도 지금 그들과 함께 있을 수 있었기 때
문이다. 그리고 그 수용소로 옮겨가기만 하면 틀림없이 우리
나라에 갈 수 있는 일이었다. 고향에 살아 돌아갈 수 있는 길
이 눈앞에 바짝 다가온 것 같은 느낌에 신길만은 흥분하지 않
을 수가 없었다. 김재석도, 문복동도 흥분했고, 이규선은 눈물
을 글썽거리며 울먹였다.

영어를 할 줄 아는 사람을 찾아 발싸심을 했다. 그러나 헛기
운 빠지는 나날이었다. 신길만은 애가 타서 견딜 수가 없었다.
말이 통하지 않는 것이 이다지도 답답한 일인 것을, 말이라는
것이 이렇게 소중한 것인 것을 그 어느 때보다 절절하게 느껴
야 했다.

신길만은 그 좋던 입맛을 잃어버렸다. 애를 태우니 금세 얼
굴이 축났다. 밤이면 오래도록 잠을 자지 못했다. 아무리 궁리
를 해봐도 뾰족한 방법이 없었다. 어렵게 잠이 들면 같은 꿈을
자주 꾸었다. 수용소를 탈출했다. 동포들이 있는 수용소를 찾
아나선다. 차비를 구하려고 농장을 찾아들어 몸에 익은 농사

일을 척척 해준다. 일 잘해줘서 고맙다고 돈을 많이 준다. 영어가 술술 잘도 풀려나온다. 그런데 기차역에서 헌병들에게 체포되고 만다. 놀라 잠을 깨면 허망하기 그지없고, 조바심은 더 심해지고는 했다. 다른 세 사람도 웃음도 말도 잃고 완전히 풀이 죽어 있었다.

캄캄한 어둠 속에 서 있는 것처럼 암담한 채 서너 달이 흘러갔다. 그런데 폭탄 터지는 것 같은 소식이 들려왔다. 독일의 항복이었다. 그리고 뒤따라, 일본도 곧 항복하게 될 거라고 했다.

신길만의 다급함과 조바심은 불꽃으로 변해 몸을 바지직 바지직 태우기 시작했다. 그러나 어디다 대고 말 한마디 할 데가 없었다. 미칠 것만 같았다. 죽을 것만 같았다. 전신이 푸들푸들 떨렸다.

"이제 우린 어떻게 해야지?"

김재석이 어깨를 늘어뜨리며 한숨을 쉬었다.

"차라리 죽었으면 좋겠다."

이규선이 더 진한 한숨을 토해냈다.

"말이 통해야지 혈서라도 쓰지."

문복동이 빠드득 이를 갈았다.

"혈서?"

그 순간 신길만의 머리에 번쩍 떠오르는 것이 있었다. 어렸

190

을 때 더러 보았던 소작쟁의 장면이었다.

"맞았어. 혈서를 쓰자!"

신길만이 결연하게 말했다.

"혈서라니?"

이규선이 의아해했다.

"혈서 몰라? 왜, 겁나?"

신길만의 눈빛에 날이 섰다.

"겁나기는, 손가락도 잘라야 할 판인데 그까짓 혈서. 근데, 혈서 써서 어쩌자는 거냐 그거야."

이규선이 기분 나쁘다는 듯 기를 세웠다.

"응, 미안해. 내가 잘못 들었어. 그러니까 그게 뭐냐면, 너희들도 어렸을 때 가끔 소작쟁의 일으키는 것 봤지? 그때 젊은 소작인들이 소작료 내리라고 혈서를 쓰고 그랬잖아. 그럼 그 혈서를 보고 많은 소작인들이 힘을 얻어 더 세차게 들고일어났던 거. 그 기세에 총독부가 나서서 소작료를 내리게 하고 그러지 않았어. 그러니까 그 지독한 총독부도 혈서를 무서워했다 그거야. 지금 우리가 혈서를 쓰면 미군들도 안 무서워할 리가 없지. 미군들이 모두 놀라 이게 무슨 일인가 할 것이고, 그 사람들 눈이 다 우리한테 쏠렸을 때 최 유기아노프를 시켜, 쏘련말 하는 통역을 불러달라고 외치게 하는 거야. 쏘련말로 계속 외치면 어디서든 쏘련말 할 수 있는 사람을 데려올 것 아니겠어. 그러면 우리 사정도, 우리가 원하는 것도 다 털어놓는 거야. 미군에 조선말 할 수 있는 사람은 없어도 쏘련말 할 수 있는 사람은 적지 않을 거야. 한편이 되어 전쟁을 하는 형편이니까 말야."

"그거 참 좋은 생각이야."

"그래, 당장 시작하자."

"왜 그 생각을 진작 못 해냈지."

그들은 이틀 뒤 토요일 점심시간을 택했다. 토요일에는 오전 작업만 하고 점심은 수용소에 돌아와 먹기 때문에 그 시간에는 미군들이든 포로들이든 모두 수용소에 있었던 것이다. 작업을 마치고 돌아온 평일 오후는 시간이 너무 늦었고, 작업을 하지 않고 쉬는 일요일에는 교대근무로 미군들의 수가 줄어들어 좋지 않았다.

"그런데……, 뭘 써야 되지? 이런 때 내 머리는 움직이지 않고 딱 멈추며 백지가 돼버린다니까."

김재석이 뒷머리를 긁었다.

"내가 좀 생각나는 게 있으니까 내일 오후까지 정리해볼게. 너희들도 좋은 걸 생각해봐."

신길만이 말했다.

다음날 저녁을 먹고 그들은 다시 모여앉았다.

"혈서에 우리가 겪어온 이야기를 다 쓰자면 우리 네 사람 피를 다 짜내도 모자랄 테니까 그건 나중에 쏘련말 할 줄 아는 사람 만나서 털어놓으면 되고, 혈서에는 우리가 원하는 것을 짧게, 확실하게 쓰면 돼. 그래서 이렇게 네 가지로 정해봤어."

신길만이 접은 종이를 세 사람 앞에 펼쳐놓았다.

우리는 소련인이 아니다.

우리는 조선인이다.

우리의 국적을 고쳐달라.

우리를 조선인이 많은 수용소로 보내달라.

"이거 좋네."

"최고야, 최고."

"더 볼 것 없어. 이대로 해."

세 사람이 잇따라 찬동했다.

"그럼, 난 이걸 쓸게."

신길만이 네번째 것을 손가락으로 짚었다.

"이런. 그럼 난 이것."

문복동이 세번째 것을 짚었다.

"그럼 나는 이것."

이규선과 김재석의 말이 겹쳐지며 동시에 첫번째 것을 짚었다.

"이봐, 이형. 두번째로 손가락 옮겨."

김재석이 말했고,

"그게 무슨 소리야? 내가 김형보다 몸집이 더 큰 것 안 보여? 김형이 옮겨."

이규선이 응수했다.

"그래, 김형이 옮겨."

신길만이 김재석의 어깨를 툭 쳤다.

"종이는?"

문복동이 물었다.

"응, 도서관에서 다 구해다놨고, 최 유기아노프도 도와준다고 했어. 피 흘리실 건데 밥 많이들 먹으라구."

신길만의 얼굴에 슬픈 웃음이 흐릿하게 스쳐 지나갔다.

토요일 점심시간에 그들은 모여앉았다.

"우리가 준비하는 동안에 점심을 먹고 오세요."

종이를 펼치며 신길만이 최 유기아노프에게 말했다.

"몇 년씩 배곯고도 살았는데 그까짓 한 끼…… 어쨌거나 일이 잘돼야 할 텐데."

최 유기아노프가 근심스럽게 말했다.

"자아, 하나 둘 셋 하면 동시에 깨무는 거야. 글씨는 종이에

꽉 차게 크게 쓰고."

신길만이 세 사람을 둘러보았다.

세 사람은 긴장된 얼굴로 고개를 끄덕였다.

"하나, 둘, 셋!"

네 사람은 눈을 질끈 감으며 네번째 약손가락을 입에 넣었
다.

최 유기아노프가 진저리를 치며 눈을 감았다.

네 사람의 손가락에서는 피가 흘러나오기 시작했다. 흰 종
이 위에 새빨간 피글씨들이 한 자씩 그려져나갔다. 몸속에 감
추어져 몸의 보호를 받고 있었던 피들이 이제 주인의 몸을 구
하려고 몸 밖으로 흘러나오고 있었다. 피는 붉었지만 단순히
붉은색이 아니었고, 액체였지만 단순히 액체가 아니었다. 피
의 붉은색은 피만의 독특한 붉은색이었고, 액체이되 농도와
온기가 다른 액체였다. 그건 목숨이 담긴 붉은색이었고, 영혼
이 스며 있는 액체였다. 주인의 생명을 구하려고 그려지고 있
는 떨리는 피글씨들은 숙연하고 처연했다.

글씨를 끝낸 사람은 미리 준비한 붕대로 손가락을 싸맸다.
신길만이 마지막으로 종이에서 손가락을 뗐다.

"아이구, 독한 사람들이야."

최 유기아노프가 또 어깨를 떨며 진저리를 쳤다.

"자아, 점호장으로 나가지. 말한 그대로만 하면 돼. 우리 말 안 들어줄 수 없을 거야."

신길만이 몸을 일으켰다.

"이제 보니 나도 명필이네."

문복동이 일어서며 말했고, 그들은 서로 마주 보며 웃었다. 그 웃음들은 슬픔이 깃들었으면서도 다정했다.

그들 다섯은 관리동 막사를 향해 점호장 중앙에 줄을 맞춰 섰다. 넓은 점호장 여기저기에는 식사를 마친 포로들이 나와 끼리끼리 운동이며 놀이를 하고 있었다.

그들은 혈서를 왼손으로 가슴 앞에 펴들었다. 밝은 햇빛 아래서 검붉은 글씨들은 섬뜩했다.

"자아, 시작해."

신길만이 말했다.

"우리는 쏘련인이 아니다!"

이규선이 오른팔을 치뻗어올리며 부르짖었다.

"우리는 조선인이다!"

김재석이 똑같이 팔을 뻗치며 외쳐댔다.

"우리의 국적을 고쳐달라!"

문복동이 주먹으로 하늘을 치며 소리쳤다.

"우리를 조선인이 많은 수용소로 보내달라!"

신길만이 팔을 떨며 외쳤다.

"쏘련말 통역을 불러달라!"

최 유기아노프가 소련말로 외쳤다.

그 난데없는 사태에 포로들이 우르르 몰려들고 있었다.

다섯 사람의 외침은 더 크게 반복되고 있었다. 그들의 두번째 외침이 끝나가고 있을 때 포로들을 헤치며 경비병들이 나타났다.

"횟스 더 매러(무슨 일이야)!"

"횟스 더 매러!"

경비병들이 그들에게 총을 겨누며 당황스럽게 소리질렀다.

그들을 에워싼 포로들은 왁자지껄 야단이었고, 좋은 구경거리 생겼다는 듯 이 막사 저 막사에서 포로들이 몰려나오고 있었다. 다른 경비병들도 여기저기서 헐레벌떡 달려오고 있었다.

다섯 사람의 기세는 더 높아져 외침은 어기차게 계속되고 있었다.

경비병들이 어쩔 줄 모르고 있는데 소위 하나가 나타났다. 잠시 상황을 살피던 소위가 최 유기아노프를 향해 손가락질했다.

"캔 유 스픽 잉글리쉬?"

"쁘라슈 바쓰 브이즈바찌 뻬레보치까 루스꺼보 이직가!"

최 유기아노프의 응답이었다.

"이게 어느 나라 말이지? 분명 독일어는 아니고, 러시아말 아닌가……? 그런데 몽골리안이 어떻게 러시아말을 하지?"

소위는 혼잣말을 하며 고개를 갸웃거리다가 바삐 돌아섰다.

얼마쯤 지나 경비병들의 호위를 받으며 소위와 함께 나타난 것은 수용소 소장이었다.

"이자입니다."

소위가 최 유기아노프를 가리켰다.

"무슨 일인가?"

소장이 물었다. 그건 소련말이었다.

"예, 이 사람들이 요구사항이 있습니다."

최 유기아노프는 민첩하게 혈서 내용을 차례대로 소련말로 옮겼다.

"이게 무슨 소린가? 왜 조선인이 독일군 군복을 입고 있어?"

소장의 표정이 복잡해졌다.

"예, 그 내력을 말씀드리고자 합니다."

"좋아. 따라와."

소장이 돌아섰다.

신길만은 떨리는 것을 억누르며 그 동안 수십 번도 더 연습해온 자신들의 사연을 간단명료하게 이야기했다.

"아니, 그게 사실인가?"

소장은 놀라워했다.

"예."

그들 넷은 함께 대답하며 머리를 조아렸다.

"소설에서나 있을 수 있는 일이 현실에서 벌어지다니. 좋아, 너희들의 요구사항을 관계기관에 알아볼 테니 며칠 기다리도록."

"예, 감사합니다."

그들은 또 머리를 숙였다.

"그런데 집단행동은 영창행이라는 것 알고 있지? 특별히 용서하는 거니까 더 다른 행위 하지 말고 얌전하게 기다려."

소장은 눈썹이 꿈틀하도록 엄하게 말했다.

"예, 알겠습니다."

그들은 허리가 반으로 접히도록 절을 하고는 소장실을 나왔다.

"등잔 밑이 어둡다더니, 소장이 바로 쏘련말을 할 줄 아는 사람이잖아."

이규선이 흥분조로 말했고,

"일이 다 잘되려고 그러는 것 같소."

최 유기아노프가 흡족하게 웃었다.

"수고하셨어요. 정말 고마워요."

신길만이 최 유기아노프의 손을 잡았다.

"무슨 소리. 다 동포 일인데."

최 유기아노프가 더 밝게 웃으며 신길만의 손을 맞잡았다.

그들은 하루하루를 지루하고 초조하게 꼽아나갔다.

팔 일째 되는 날 그들은 소장실로 불려갔다.

"유감스럽지만 국적은 고칠 수 없다. 그건 쏘련의 권한이지 우리 미국의 권한이 아니기 때문이다."

소장은 엄하고 냉정한 얼굴로 말했다.

그 말이 끝나자마자 경비병 네 명이 들어섰다. 그들은 순식간에 신길만, 김재석, 문복동, 이규선의 손목에 쇠고랑을 채웠다.

"너희들은 집단으로 혈서를 쓰는 극단적인 행동을 한 위험 인물들이다. 또 무슨 일을 저지를지 모르기 때문에 예방조치를 취한다. 이건 포로에 대한 학대가 아니라 포로의 생명을 보호하고, 수용소의 질서를 지키기 위한 선의라는 것을 분명히 알아둬라."

소장의 마지막 말이었다.

그들은 그 길로 영창에 갇혔다.

그들은 절망에 빠져 벙어리가 되어버렸다. 경비병들의 감시는 철저했다. 그들은 식욕도 잃어버렸다. 며칠이 지나도록 음식을 절반 정도씩밖에 먹지 못했다.

"이러다가 우리 여기서 죽게 생겼어. 하늘이 무너져도 솟아날 구멍 있다고 했잖아. 모두 기운 차리고 밥들 많이 먹자고. 어쨌든 살아서 고향에 돌아가야 되잖아."

어느 날 문복동이 한 말이었다.

"호랑이한테 열두 번 물려가도 정신만 채리면 살아난다."

신길만은 어머니의 말을 다시 듣고 있었다.

'그래, 아직 열두 번 물려간 것도 아니다!'

신길만은 마음을 다잡아야 한다고 생각했다. 살아서, 살아서 집에 돌아가야 했다.

"그래, 다 같이 기운 차리자구. 그 동안 수없이 죽을 고비를 넘기면서 살아남았잖아. 힘내. 틀림없이 또 무슨 방도가 생길 거야."

신길만은 그들의 손을 싸잡았다.

그들은 삼 개월이 다 되어 풀려났다. 그 동안에 일본은 망해 있었다. 그런데 수용소에서는 그보다 더 놀랄 일이 벌어져 있었다.

신길만은 자신의 앞에 서 있는 군인을 보고 깜짝 놀랐다. 그 군인은 소련군 장교였던 것이다.

"김 아파나."

소련군 장교가 서류를 보며 불렀다.

"예."

김재석이 얼떨결에 대답했다.

"이 스쩨빤."

이규선이 대답했다.

"신 미하일."

신길만이 대답했다.

"문 지모피."

문복동이 대답했다.

"오케이."

소련군 장교가 서류를 덮으며 턱짓했다.

그들은 경비병들에게 등을 떠밀려 수용소 앞에서 트럭에 실렸다. 그들이 자리잡고 앉기도 전에 트럭이 출발했다.

"이거 소련으로 가는 모양이지?"

문복동의 속삭임이 다급했다.

"좀 두고 보자고."

신길만은, 그런 것 같다, 고 말하고 싶지 않았다. 그리고 아니라고 말할 수 없는 것이 너무나 절망스러웠다.

신길만은 햇빛 들지 않는 트럭 안을 두리번거렸다. 빈틈없이 찬 사람들 속에 최 유기아노프는 없었다. 앞에 줄서 있었던 어느 트럭을 타고 있는 모양이었다.

포로들은 기차로 갈아탔다. 신길만은 거기서 최 유기아노프를 만났다.

"이게 무슨 일이오?"

신길만은 인사할 여유도 없이 물었다.

"아마도……, 쏘련으로 가는 것 같소."

최 유기아노프의 말은 더디고도 무거웠다.

신길만의 의식 속에서는 노르망디 해변을 뒤집어엎었던 그 무서운 폭음이 울리고 있었다. 아닐 거라는 한 가닥 기대가 무너지는 충격은 너무나 컸다.

"그런데 말이오, 쏘련에서, 독일군 포로들 중에 우리 같은 사람들이 있다는 걸 어떻게 알았을까요?"

"그야 쉽지요. 독일에서 동방대대 같은 게 생긴 걸 비밀로 하지도 않았고, 전쟁통에 스파이는 또 얼마나 많이 활동했겠소."

"그런데, 쏘련군 장교가 가지고 있던 명단은 어디서 났을까요? 미국 수용소에서 넘겨준 것이겠지요?"

"그럴 거요. 같은 편, 한통속이니까."

최 유기아노프는 울고 있는 것 같은 얼굴로 가늘고 긴 한숨을 쉬었다.

"반장님은 이젠 고향에 가게 됐잖아요."

신길만은 최 유기아노프가 완전히 풀 죽고 근심에 빠져 있는 것을 선뜻 이해할 수가 없었다.

"글쎄……, 그게 그렇게 좋은 일만은 아니오. 신형은 잘 모르고 있는 모양인데, 쏘련 사람이 아닌 신형과, 쏘련 사람인 우리 같은 사람들은 형편이 완전히 달라요. 우리 같은 쏘련 사람들은 두 가지 죄를 졌어요. 포로가 된 것만도 조국의 배신자가 된 것인데, 거기다가 적국인 독일군 노릇까지 했거든요. 그러니 소련에 돌아가면 무슨 처벌을 받을지 몰라요. 스탈린은 아주 무시무시하고 용서가 없는 사람이오. 이렇게 말하면 좀 우습지만, 쏘련에 돌아가기 싫은 것은 신형네보다 우릴 거요. 신형네가 쏘련군이 될 때, 일본이 망하면 조선으로 보내주겠다고 약속했다면서요. 이제 바로 그때가 왔어요. 여기 미국에서 바로 고향으로 못 돌아간다고 너무 실망하고 걱정하지 말고 희망을 가져요."

"우리도 포로가 됐고, 독일군 노릇을 했는데요?"

"신형네는 쏘련 사람이 아니잖소. 그 점이 중요해요."

"아, 예에……"

신길만은 어둠 속에서 한 줄기 빛이 뻗어오는 것 같은 희망을 느꼈다. 그 빛줄기를 움켜잡고 싶었다. 그 빛줄기가 자신을 고향으로 데려가주기를 빌었다.

그들이 도착한 곳은 뉴포트라는 수용소였다. 거기에서 비로소 소련군 장교들이 미국 도처에 있는 포로수용소에서 소련 국적을 가진 포로들을 골라내 그곳으로 집결시키고 있다는 것을 알았다. 그곳으로 실려오는 포로들은 하나같이 기 꺾이고 침울하고 공포에 사로잡혀 있는 것 같은 모습이었다.

포로들은 다시 러티스라는 수용소로 옮겨졌다. 그곳으로도 여러 수용소에서 골라낸 포로들이 실려오고 있었다. 신길만은 러티스 수용소에서 또하나의 사실을 알게 되었다. 뉴포트 수용소에 오기 전까지만 해도 독일군이 된 포로들은 동양인이 거의 다고 서양인들은 별로 없는 줄 알았었다. 그런데 뉴포트 수용소에 와보니 백인들도 꽤 있었고, 러티스 수용소에 오니 그 수는 한층 더 불어났다.

동양인들과 달리 골수 소련 사람인 그 백인들도 굶어 죽지 않으려고 독일군이 되었던 것일까. 그랬을 것이다. 그때 수용소에는 죽음의 그림자가 사방에서 어른거리고 있었다. 날마다 사람이 죽어나가지 않는 날이 없었다. 위 침대에서 죽고, 옆 침대에서 죽고, 건너 침대에서 죽어나갔다. 죽음은 검은 혀를 날름거리며, 너를 언제 잡아먹을까, 내일? 모레? 하며 밤마다 침대 옆에서 음산하게 속삭이고 있었다. 그 죽음의 올가미에서 벗어나려고 몸부림치지 않은 사람은 없었다.

포로들은 또다시 포트딕스 수용소로 실려갔다. 그곳에 도착
해서야 포로들은 자기들이 소련으로 송환된다는 것을 확실하
게 알았다.

시위가 벌어졌다. 백인들이 주동한 것이었다.

"강제송환 결사반대!"

"미국은 제네바 협정을 준수하라!"

포로들은 한 덩어리가 되어 거세게 외쳐댔다. 동양인들도
합세했다.

제네바 협정은, '포로들은 입고 있는 군복에 따라 국적을
구분한다'고 규정하고 있었다.

그러나 포로들의 시위는 오래가지 못했다. 엄청나게 많은
미군들이 공포를 쏘아대며 수용소로 진입했다. 스피커는 공포
다음에는 무차별 사격이라는 것을 알렸다. 포로들은 진압당할
수밖에 없었다.

수용소에 투입된 군인들은 물러가지 않았다. 그 좌절 속에
서 포로 하나가 막사에서 목을 매 자살을 했다.

'우리는 조국을 배반하려는 것이 아니라 스탈린 정권에 항
거하는 것이다.'

대학생 출신인 스물여섯 살 젊은이가 남긴 유서였다.

그러나 그 젊은 죽음마저도 묵살되고 말았다. 포로들은 삼엄한 경계 속에서 배에 실렸다.

독일의 패색이 짙은 가운데 얄타 회담이 열렸었다. 그때 스탈린은 미국에 수용되어 있는 독일군 포로들 중에서 국적이 소련인 자들을 전부 소련으로 송환해줄 것을 요구했다. 미국 대통령은 그 요구를 들어주기로 했다. 왜냐하면 독일군에게 잡힌 미군 포로들이 동유럽의 여러 수용소에 칠만오천 명쯤 갇혀 있었는데, 이제 그 지역이 소련의 점령하에 있었던 것이다. 미국은 자국민 포로들의 안전을 도모하는 것이 급선무였다.

5. 소련에서……

　배에 오른 포로들은 기민하고 민첩하게 행동했다. 미군 수
용소에서 적당히 늑장 부리고 게으름 피우던 그들이 아니었
다. 그들을 통제하는 소련군들이 뭐라고 하는 것도 아니었다.
소련군들은 그들 민족 특유의 무뚝뚝한 표정으로 그저 예사롭
게 그들을 대했다. 그런데도 그들은 슬금슬금 소련군을 피하
며 옆걸음질쳤고, 겁먹은 눈동자들을 굴리기에 바빴다.

　배는 쉼 없이 달렸다. 하룻밤이 지났다. 장교는 많은데 포로
들 앞에 나서서 무슨 명령이나 지시를 하는 장교는 없었다. 포
로들은 사병들의 통제에 따라 식사 때 식사하고, 밤이 오면 잠
자리에 들었다. 바다는 잔잔했다. 배 안도 잔잔했다. 그런데도
그들의 풀 죽은 긴장은 풀리지 않았다.

이틀이 지나고, 사흘이 지났다. 배의 기관 돌아가는 소리가 잠시도 쉬지 않고 울리고 있었다. 그 소리가 없었다면 배가 가는지, 안 가는지 모를 정도로 흔들림이 없었다. 그들은 배가 물살을 가르며 가는 것을 확인할 수가 없었다. 갑판 출입이 금지되어 있었다. 나흘이 지나고, 닷새가 지났다.

"우리, 이러고만 있어서는 안 되잖아."

문복동이 입을 열었다. 그의 목소리는 독일의 포로수용소에 있었을 때처럼 어둡고 가라앉아 있었다.

"그래, 이러고만 있어서는 안 되지, 안 돼."

가까스로 참아왔다는 듯 이규선이 나섰고,

"어떻게 좀 해봐야 되지 않겠어?"

김재석이 말보다 몇 배 긴 한숨을 꼬리로 달았다.

신길만은 그들 셋이 자신을 쳐다보고 있는 것을 느꼈다.

"뭘, 어떻게 해?"

신길만은 그들을 향해 되물었다. 그만큼 답답했다. 그만큼 암담했다.

"여기 장교들이 많은데, 우리 국적을 고쳐달라고 해야지. 전쟁이 끝나고, 일본이 망했으니까 처음 약속대로 우리를 우리나라로 보내달라고 해야지."

문복동은 확실 분명하게, 그러나 고지식하게 또박또박 말했다.

"그래야지. 말해야지. 약속을 지켜달라고 해야지⋯⋯"

말이 한마디가 끝날 때마다 신길만의 고개는 한 계단씩 아래로 떨어지고 있었다.

"눈치 봐서 알겠지만, 지금은 그런 말 꺼낼 형편이 못 되는 것 같소. 이거 참, 나는 여러분들하고는 입장이 또 달라서⋯⋯"

최 유기아노프는 난색을 표했다. 그들의 부탁을 받고 그러는 것은 처음이었다.

"반장님, 이번 한 번만 더 도와주세요. 이게 마지막입니다, 마지막. 더 귀찮게 하지 않을게요. 우린 같은 동포잖아요, 동포."

이규선이 애걸하며 매달렸다.

"예, 다시는 더 괴롭히지 않겠습니다. 한 번만 더 도와주십시오. 배에서 내리면 정신이 없을 테니까, 조용한 여기서 일을 처리하는 게 좋을 것 같아서 그럽니다. 평생 은혜 잊지 않겠습니다."

신길만이 머리를 조아렸고,

"예, 도와주십시오."

"예, 잊지 않겠습니다."

김재석과 문복동도 신길만을 따라 머리를 숙이고 또 숙였다.

"어디⋯⋯, 그래봅시다. 쏘련말 좀 하는 게 무슨 큰 위세도 아니고⋯⋯"

최 유기아노프가 피곤 짙은 얼굴로 흐리게 웃었다.

"아, 무슨 말인지 잘 알겠소. 여기서는 사무 처리가 안 되니까 배에서 내릴 때까지 기다리시오. 우리 쏘련을 위해서 그 동안 참 수고들이 많았소."

제일 계급이 높은 대령은 흔쾌하게 말하며 껄껄껄껄 웃었다.

대령 앞에서 물러난 그들은 서로서로 얼싸안았다. 최 유기아노프에게 몇 번이고 허리가 접히는 깊은 절을 했다.

그날 밤 그들 중에 둘이 고향 꿈을 꾸었다.

"나는 사립으로 들어가고, 어머니는 맨발로 마루에서 뛰어내렸는데, 거기에서 어머니고 나고 발이 땅에 딱 붙어 움직이지를 않는 거야. 몸 달아 막 울었는데, 잠을 깨고 보니 정말 눈물이 나고 있더라니까. 다 큰 사내놈이 우는 건 뭐고⋯⋯, 무슨 꿈이 그런지 원."

김재석의 말이었다.

"당연하지. 꿈은 꼭 반대라니까. 거기서 어머니하고 그냥 얼싸안아봐. 그게 얼마나 싱거운 신파야."

이규선이 말했다.

"그런가⋯⋯? 그럼, 그거 괜찮은 꿈인 건가?"

김재석이 고개를 갸웃갸웃했다.

"나는 면사무소에 찾아갔지. 헌데 글쎄 날 지원병으로 뽑아낸 그놈이 말하기를, 면 서기 자리를 주기로 약속한 일이 없다는 거야. 그래서 그놈 멱살을 틀어잡고 패대기를 쳤어. 이 새끼가 어디서 그따위 거짓말이야. 고향에 갔을 때 진짜 그러면 정말이지 패대기쳐 죽이고 말 거야."

이규선이 생시에도 분하다는 듯 숨을 씩씩거렸다.

그들의 마음은 급했고, 배는 더디 갔다.

이십여 일 만에 배는 소련땅에 다다랐다. 배에서 내린 포로들은 대기하고 있던 트럭을 탔다. 수십 대의 트럭은 금방 항구를 벗어나 들판으로 접어들었다. 트럭들은 가을 기색이 비치기 시작한 들판을 한 시간 남짓 달렸다. 야트막한 야산지대가 나타나기 시작했다.

맨 앞에 달리던 트럭이 어느 야산 자락에 멈추어 섰다. 뒤따르던 트럭들이 일정한 간격으로 다붙어 멈추었다. 그곳은 네댓 개의 야산들이 어깨동무하듯 모여 반원의 분지를 이루어내고 있었다.

"여기서 삼십 분 쉬어 간다. 모두 내려 트럭선(線) 안에서 소변도 보고 자유롭게 쉬어라."

장교들이 트럭에서 내리는 포로들에게 일렀다. 사병들은 트럭 사이사이에 서서 포로들을 분지 안으로 들어가게 했다. 나무들 많은 야산으로 에워싸인 그 분지는 수많은 포로들이 용변을 보면서 휴식하기에 안성맞춤이었다.

마지막 트럭에서 포로들이 다 내리고 몇 분이나 지났을까.

타당탕탕탕탕……

타당타타타타……

드득드드드드……

야산 숲 속 여기저기서 기관총 난사가 시작되었다. 한가롭게 쉬고 있던 수많은 포로들은 아우성과 비명을 지르며 고꾸라지고 엎어지고 뒤집어지고 나뒹굴고 뒤엉키고 있었다.

노르망디의 실종자

복도훈 (문학평론가)

한 장의 사진

이제 자신의 관등성명과 계급, 부대 이름, 국적과 출신을 말할 차례가 돌아온 사진 속 그 독일군 포로는 그의 얼굴 색을 보고 놀란 미군 병사가 호기심 가득 들이대는 카메라를 피한 채 애써 다른 곳을 바라보고 있었다. 카메라라면, 이미 몽골에서 소련으로 이송되던 트럭 안에서 포로인 그와 그의 동료들을 감시하던 소련군이 느닷없이 들이대어 겁에 질리게 만들었던 물건이었기 때문에 그에게 특별히 낯선 물건만은 아니었다. 그러나 그는 여전히 카메라의 눈과 마주치고 싶지 않았다. 그런 그의 몸짓이 눈을 부러 치켜뜨게 한 형용이어서 조금 자세히 보면, 그는 마치 카메라의 시야 바깥에 있는 또다른 누군가를 노려보는 듯도 하다. 그러나 차라리 그의 눈은 초점 없이 허공을 향하고 있다고 말하는 게 나을 것이다. 그의 뒤에는 그와 마찬가지로 무장해제를 당한 또다른 독일군 포로가 유타 해변에 내리쬐는 맑은 날의 햇빛에 흰 얼굴을 찡그린 채, 앞에 있는 노란 얼굴과 왜소한 체격을 지닌 동방대대 병사의 뒤통수를 쏘아보며 자신의 차례를 기다리고 있었으며, 사진의 오른쪽 하단에 보이는 미군 병사는 빈 탄약상자 위에 놓인 서류에 급히 포로의 인적사항을 기재하고 있었다.

노란 얼굴을 한 그 독일 포로가 작은 체구에도 불구하고 자신의 몸에 비교적 잘 맞는 나치의 복장을 하고 있는 것으로 보아 그는 오랫동안 독일군 병사로 복무한 것처럼 보였다. 그에게 카메라를 들이대는 미군 병사가 보기에 이것은 좀 이상한 일이었다. 악명 높은 인종차별정책으로 수많은 유대인들을 학살한다는 무시무시한 소문의 당사자인 히틀러가 어떻게 노란 피부의 동양인을 제3제국의 병사로 삼을 수 있겠는가. 그렇지만 이 의문은 금방 풀렸다. 이미 패전한 이탈리아보다도 더욱 신뢰할 만한 동료인 일본이 있었기 때문에, 어쩌면 그가 일본군이 독일군에게 지원한 일본 병사일지도 모른다고 생각했던 것이다. 어색해 보이는 것은 여전히 그의 노란 얼굴뿐이었다.

그러나 노란 얼굴의 독일군 포로는 그의 인적사항을 기재하던 미군 병사의 사무적이고도 신경질적인 질문에 단 한마디도 답할 수 없었다. 그는 히틀러의 독일어는 물론, 그가 속해 있던 동방대대 795부대의 웬만한 다른 병사들처럼 러시아어도 할 줄 몰랐다. 영어는 말할 것도 없었다. 일본군이었지만 일본어조차 할 수 없었다. 그는 그 누구도 모르는 언어, 일찌감치 다른 나라의 식민지가 되어 모국어를 더이상 사용할 수 없는 동북아시아 변방의 조그만 반도 출신 소작농의 아들이었다. 아마 그는 할말이 너무도 많았을지 모르지만, 실제로 그의 말을 들을 수 있는 사람은 아무도 없었을 것이다. 어떻게 자신이 이곳까지 오게 되었는지, 그의 고향에서 일본군 조선인 지원병으로 입대, 인천항에서 배를 타고 만주로 갔다가 소련, 몽골, 중국 국경에서 몽골군과 소련군의 포로로 붙잡혀 몽골과 소련으로 이송되었는지, 소련의 붉은 군대의 일원이 되어 모스크바 전투에 투입되었다가 이번에는 독일군 포로로 붙잡혀 독일행 기차를 타게 되었는지, 독일군 포로로 수감되어 강제노동을 하다가 어떻게 동방대대 소속 독일군이 되어 프랑스 해변에서 대서양 장벽 및 벙커공사 등에 투입되었는지, 숱한 조선인과 까레이스끼(고려족) 포로들이 군인으로 포로로 죽어나가는 가운데에서도 얼마나 수많은 생사의 고비를 넘겨 지금까지

기적적으로 살아나왔는지, 자신이 지금 잃어버린 나라의 고향으로부터 얼마만큼이나 멀리 떨어져 이 낯선 곳까지 왔는지를 그는 말하고 싶었고 또 왜 그랬는지 묻고 싶었을 것이다. 어쩌면 그는 애써 말하고 싶지 않았을지도 모른다. 그런 말이라면, 이미 소련군의 포로가 되던 때부터 통역관에게 부탁하여 자신은 일본인이 아니라 조선인이라고, 그러니 고향으로 보내달라고 수없이 말해왔던 터였다. 그의 주장은 묵살되었고, 그는 말 대신 침묵을 택했다. 보도사진은 의도와 무관하게도 그 침묵의 짧은 순간을 담았다. 사진 속, 허공을 응시하는 듯 그의 눈은 말없는 웅변으로 이 모든 이야기를 담아내고 있었다. 그리고 이 한 장의 사진을 뒤로 한 채 그는 노르망디의 유타 해변에서, 그를 담은 한 장의 흑백 보도사진에서, 그리고 공식적 역사에서 완전히 사라져버렸다. 그후에 그를 보았다는 사람도 없었으며, 그의 기구한 운명이 가 닿은 종착지에 대해서 그 누구도 더이상 밝힌 바 없다.

소설, 역사로부터 배제된 인간의 탐구

상식적으로 볼 때 현실에서 도저히 일어날 수 없을 법한 이

놀라운 사건에 대해 후대의 역사는 무어라 말하고 있을까. 1944년, 6월 6일 프랑스 노르망디의 유타 해변에서 다른 세 명의 동양인과 함께 미군에 맨 처음 투항했다고 전해지는 동방대대 출신의 이 독일 병사가 담긴 사진에는 다음과 같은 건조한 설명이 붙어 있다. "이 남자는 일본군으로 징집되었다. 1939년 만주 국경 분쟁 당시 소련군에 붙잡혀 붉은 군대에 편입되었다. 그는 다시 독일군 포로가 되어 대서양 방어선을 건설하는 데 강제 투입되었다. 노르망디 상륙작전 때 다시 미군의 포로가 되었다. 포로로 붙잡혔을 당시 아무도 그가 사용하는 언어를 알아들을 수가 없었다. 그는 한국인으로 밝혀졌으며, 미 정보부대에 자신의 사연을 이야기했다." 노르망디에 투입된 미공수부대의 증언을 바탕으로 제작된 TV시리즈 〈밴드 오브 브라더스〉(2000)의 원작자이자 전쟁사학자로 명성이 있는 스티븐 앰브로스가 자신의 책 『D-Day』에서도 언급한 이 '노르망디 조선인(한국인)'의 이야기는 몇 년 전부터 앞서의 사진 한 장과 함께 사람들의 입소문을 타기 시작했다. 주로 전쟁사와 관련된 인터넷 사이트에서는 그가 양경종이라는 이름을 가진 실존 인물이며, 포로로 영국에서 미국으로 이송되어 미국에서 살다가 1992년경에 생을 마친 것으로 추측되기도 했지만, 그 진위 여부는 『사람의 탈』이 출간되는 지금 시점에서도 여전히 확인 불가능하다. 국내의 한 방송사도 이 노르망디 조선인에 대한 2부작 다큐멘터리를 제작해 2005년 12월경에 방영하기도 했다. 그리고 이를 바탕으로『태백산맥』과『아리랑』『한강』의 작가 조정래가 '노르망디 조선인'의 숨겨진 이야기를『사람의 탈』이라는 소설로 다시 써냈다.『인간연습』(2005) 이후 두번째 발표된 경장편이며, 한국 근현대사에 대한 조정래의 방대한 소설적 작업이 마침내 마침표를 찍게 된 완결편이라고도 부를 만한 작품이다. 실제로『사람의 탈』은『아리랑』후반부의 일제 말기라는 시대적 배경을 그 서사적 출발점으로 삼고 있다.

『사람의 탈』은 조정래의 소설적 작업에 친숙한 독자들이라면 감지할 수 있듯이 강대국의 틈바구니에 낀 한민족의 일원이 겪는 수난에 관한 이야기이지만, 그것만으로 환원되지 않는 이색적인 측면이 여럿 눈에 띄는 작품이기도 하다. 우선 노르망디에서 포로가 된 조선인의 운명이라는 독특한 소재를 다루는 방법도 그러하거니와 민족 이야기를 하나의 국경과 국가 내부에 국한해서 다루지 않고 2차 세계대전이라는 세계사의 한가운데 배치한 시도도 흥미롭게 보인다. 물론 이것들은 소재에서 자연스럽게 취할 만한 특성이기 때문에 이것만 가지고『사람의 탈』의 독특함이라고 말할 수는 없을 것이다. 무엇보다도 『사람의 탈』은 작가 조정래가 이미 수없이 선보여온 여러 작가적 장기 중 기록하고자 하는 사관(史官)의 열정이 유감없이 발휘되는 소설이다. 이미 『인간연습』에서 "기록이 없으면 인간사도 역사도 존재할 수 없는 것 아닙니까"라는 한 작중인물의 말을 빌려, 작가는 짧지만 인상적으로 자신의 소설론을 피력한 바 있다. 기록의 열정은 서구뿐만 아니라 동아시아의 전통에서 역사가의 천직에 오래 전부터 내재해 있는 것이며, 서구적 의미의 소설 개념이 거의 뿌리를 내리고 익숙해진 지금에도 비교적 심한 굴절과 단절을 겪지 않고 면면하게 이어져내려오는 한국의 서사적 관습과 전통에서도 얼마든지 확인할 수 있다는 점에서 단지 한 작가만의 전유물이라고 볼 수는 없다. 그러나 조정래의 경우 잘 알려져 있듯이 기록에 대한 그의 열정은 공식적인 역사에서 탈락되고 배제된 민초들의 삶을 복원하고 숱한 고난의 격랑 속에서도 결코 실종되지 않는 민족공동체의 강인한 근성과 함께하고자 하는 데서 비롯된 것이다. 또한 그러한 열정에 상응할 만한 철저한 역사적 고증, 민초들의 삶의 세부에 대한 끈질긴 천착, 그들의 삶이 녹아 있는 방언과 화술을 재현하는 능란한 기예, 숱한 문제적 인물들을 창조하고 그들의 심부에 도달하려는 통찰력 있는 인간 해부, 한국 근현대사를 전체적으로 조망하려는 비범한 역사철학적 해석 등으로 조정래는 역사소설 분야에서 그 누구도 모방할 수 없는 독보적인 업적과 성취를 이루어낸 작가이다.

2차 세계대전 직전에 발표된 베르톨트 브레히트의 시 「어떤 책 읽는 노동자의 의문」(1938)이 말해주는 것처럼, 역사라는 것은 언제나 왕과 통치자, 국가의 업적만을 기록한 역사이다. 책 속에는 왕의 이름들만 나와 있을 뿐이며, 역사와 그를 기록하는 사가(史家)는 알렉산더가 인도를 정복할 때 그 혼자서 해냈는지 묻지 않고 진시황제가 만리장성을 완성한 날 밤에 벽돌공들과 인부들이 어디로 갔는지 더이상 궁금해하지 않는다. 조정래는 소설 또는 문학의 임무는 만리장성을 쌓았던 벽돌공들과 인부들의 한 많은 이야기와 신산스러운 삶에 귀를 기울이고 그것을 충실히 전달하는 것이 일차적 소임임을 분명히한다. 근대의 파국과 다가올 냉전을 예고하는 2차 세계대전이라는 세계사의 무대 속에서 실종되어 생사여부는 물론 그 행방조차 확인할 수 없는 조선인들의 삶에 대해 들려주는 작가의 이야기는, 육십여 년이 지났지만 분단체제를 살아가고 강대국들의 정치적, 경제적, 군사적 역학구도에서 여전히, 그리고 어쩌면 그 어느 때보다 더 격렬한 부침을 겪고 있는 한국 독자들의 심성에 호소할 만큼 보편적이라고 할 수 있을 것이다. 그렇지만 그것을 어떻게 전달할 것인가라는 서술전략을 선택하는 데서도 『사람의 탈』은 비교적 세심한 편이다. '노르 망디 해변의 조선인'이라는 소재에서 올 만한 즉물적인 흥미 나 일시적 관심을 그대로 전달하는 대신 오히려 냉정하다고 느껴질 정도로 감정이입을 차단하고 절제하는 단문, 아비규환 의 전투장면과 포로수용소의 헐벗은 삶의 세부에 대한 사실적 묘사, 동아시아 변방 출신의 나라 잃은 조선인들이 겪는 모진 유랑체험의 아이러니와 역사의 간지(奸智)를 결합시키는 서술 과 대화, 이념적 서술자를 표 나게 내세우는 대신 작가 특유의 민족적 동질감에 대한 열망과 호소를 인물들에 부조(浮彫)하 는 솜씨 등은 『사람의 탈』이 가진 서술적 장점이라 할 만하다.

역사의 간지

역사적 사실과 문서보관소의 자료를 바탕으로 씌어진 『사 람의 탈』의 스토리 시간은 2차 세계대전이 시작되고 끝나는 칠 년 정도의 역사적 시간과 거의 일치한다. 그리고 작중인 물들의 생사와 운명이 결정되고 돌이킬 수 없이 되어버리는 순간은, 물론 역사의 플롯이 어느 정도 완료된 사후적인 관 점에서 판단하는 것이겠지만, 2차 세계대전사를 구획짓는 중요한 역사적 순간과 상당 부분 겹쳐진다. 말하자면,『사람의 탈』의 작중인물들은 자신들의 기구한 삶이 다하는 그날까지도 전혀 의식할 수조차 없겠지만 세계사의 한복판에 내던져진 인물들이 되는 것이다. 독자들이 보기에 그들의 운명이 비극적으로(결정론적으로) 느껴지는 한편 아이로니컬하게(우연적으로) 보이는 것도 그 때문이다. 그들은 역사의 가장 중요한 순간에 그 자리에 있었지만, 역사가 그들을 위해 배당한 자리는 없었다. 헤겔은 세계사의 주역인 나폴레옹 같은 영웅이나 프리드리히 대제와 같은 왕과는 다른 보통의 무구한 사람들은 세계사의 여백이라고 썼다. 그러나 역사는 무구의 인간들조차도 때때로 세계사의 한복판으로 내몰아 자신의 교활한 과업을 완성하는 수단으로 소모한다.『사람의 탈』이 단순히 기록의 열정으로 재조립된 마이너리티나 하위주체의 역사가 아니라 한 편의 소설(허구)이 되는 것은 이처럼 무자비한 역사가 인간의 삶을 제멋대로 구획짓고 개인과 집단의 운명을 순식간에 결정할 때, 역사 앞에 선 인간이 느끼고 체험하는 강렬한 이질감과 위화감을 형상화하려고 노력하기 때문이다. '일본군' '소련군' '독일군' '미군의 포로' '소련에서……' 등 모두 다섯 개의 소제목이 붙은『사람의 탈』의 플롯은 이 비극적 아이러니의 순간과 마디를 중심으로 짜이고 누벼진다.

『사람의 탈』의 작중인물들에게서 감지되는 비극적 아이러
니는 그들을 만주 국경 근처에서 벌어진 노몬한 전투(1939)로
내몰았던 일제 말기, 즉 식민지 조선의 역사적 상황과 일본군
국주의의 간교한 이데올로기적 술책과 관련이 있다. 주인공인
신길만과 그의 조선인 동료들은 대부분 소작농 출신으로 당시
이광수나 최남선과 같은 식민지 지식인들이 열심히 동참하기
를 선전했던 일제의 육군특별지원병령(陸軍特別支援兵令,
1938. 2) 등에 의해 반강제적으로 일본군에 입대하지만, 실제
로 그들은 최전방인 만주에 배치된 관동군의 일부로 편입되고
만다. 조선인 지원병의 경우, 함경도 19사단이나 서울 이남의
20사단으로 배치된다는 일본군의 말은 물론 거짓이었다. 신
길만은 입대를 거부할 경우 가족을 만주로 내쫓는다는 협박으
로 인해 지원을 한 것이 아니라 "지명"(27쪽)을 당했던 것이
다. 소설은 간접적으로나마 만주로 쫓겨난 조선인 소작농들
대부분이 "관동군의 군량을 대는 노예들"(29쪽) 신세로 전락
당하고 있음을 알려줌으로써 신길만의 선택이 불가항력적인
것이었음을 알려준다. 이제 가까스로 살아남아 몽골군의 포로
가 된 작중인물들은 저마다 "나는 일본 사람이 아니오. 나는
조선 사람이오, 조선 사람"(41쪽)이라고 하소연을 하고 귀향

을 꿈꾸어보지만, 그들의 신병을 인수한 몽골군과 소련군 중 누구도 그들의 말에 귀를 기울이지 않는다. 첫번째 역사의 간지에 이은 두번째 역사의 간지가 등장하는 순간이다. 일본군의 닛뽄도가 소련군의 탱크와 몰로토프 칵테일이라 불리는 화염병으로 철저하게 무력화된 노몬한 전투는 중일전쟁(1937)이 시작된 이래, 당시 출전했던 이만 명의 일본군 중 삼분의 이 이상이 전사하여 최초로 치욕적인 패배를 겪은 전투이며, 일본군이 그 참담한 진실을 은폐하기에 급급했던 전쟁 비사(秘事)였다고 후대의 역사는 기록하고 있다. 급기야 일본군은 소련과 휴전협정을 맺게 되고 그 협정은 원자폭탄의 투하로 일제의 패망이 가까워질 무렵까지 지속된다. 신길만과 그의 동료들의 통역을 맡았던 소련군 장교이자 고 바실리라는 러시아식 이름을 가진 까레이스끼 출신의 고현태는 신길만과 동료들의 요구사항을 다음과 같이 거부한다. "왜냐하면 당신들은 만주에서 일본군에게 체포될 것이 뻔하고, 그렇게 되면 일본군은 우리가 스파이들을 침투시켰다고 문제를 일으킬 것이기 때문이다."(81쪽) 이른바 강대국의 협약과 결정 속에서 소수의 권리와 요구는 완벽하게 무시되고 하찮은 것이 되어버린다. 대신 그들에게 소련식 이름을 얻고 일명 붉은 군대가 되어 소련과 공동의 적인 일본군, 독일군과 싸우는 기회가 주어지게 된다. 이런 선택은 작중인물들에게 일본군 포로로 일본에 송환되어 다시 일본군이 되는 깃보다는 더 나은 선택인 것처럼 보이며, 설령 그렇지 않더라도 선택의 길은 달리 없어 보인다. 그러나『사람의 탈』의 작중인물들은 러시아식 이름을 부여받고 소련군이 되던 찰나가 영영 고향으로 돌아가지 못하는 돌이킬 수 없는 선택의 순간이 될 줄을 꿈에서조차 감지할 수 없었다.

『사람의 탈』은 소련군이 되어 일본과 싸우라는 강대국의 그럴듯한 강제된 선택과 영미귀축(英美鬼畜)과의 성전으로 아시아를 해방해야 한다는 일제의 대동아공영권을 모두 강대국의 지배를 합리화하는 수단으로 대동소이하게 다루고 있다. 소련군이 약소국과 민족해방의 명분으로 대동아공영을 다른 방식으로 반복하고 있는 것이며, 소련에 대항한 독일군이 독일군 포로가 된 작중인물들에게 다시 그것을 반복하고 있는 것이다. 고현태의 까레이스끼들이 스탈린의 강제이주정책에 의해 무려 십여만 명 가까이 죽음을 당하고 다시 소련을 침공한 독일군을 막기 위해 동부전선으로 징집된 사연을 들은『사람의 탈』의 작중인물들은 도리 없이 소련군으로 호명되어 최전선에 배치된다. 그러나 모스크바 근교의 제도프스크 전투에서 독일군 포로가 된 작중인물들에게 독일군은 다음과 같은 방식으로 독일군이 될 것을 강요한다. "봐라. 너희 민족은 스탈린에게 짓밟히고 착취당하는 노예가 되어 있다. 우리 독일은 스탈린에게 고통당하고 있는 모든 소수민족들을 독립시키고, 구해줄 것이다. 그러면 너는 독일군으로서 독일에 충성을 다할 수 있는가!"(166~167쪽) 그들은 역사책에서 그 이름조차 생소하게 들리는 전투부대로 소련의 슬라브족과 그밖의 소수민족으로 이루어진 독일군 동방대대원이 된 것이다. 이쯤 되면 그들에게는 "항복한 자, 포로가 된 자들은 모두 조국의 배신자들"(100쪽)이라는 스탈린의 명령 또는 후퇴하거나 탈출하는 병사들은 스메르시(방첩대)에 의해 처형된다는 협박에 절망하여 독일군이 되는 것이 낫다는 식으로 판단할 기력조차 남아 있지 않게 된다. 이제 남은 선택지는 무조건 살아남는 행위, 생존 그 자체다. 그러나 역사는 백지상태의 무구한 인간을 호명하여 그들의 헐벗은 목숨을 제물로 삼으면서까지 자신의 기획을 무자비하게 실현시킨다. 『사람의 탈』의 작중인물들은 작가 특유의 필법이 그려내듯 쉽사리 좌절하는 자들이 아니다. 그러나 그들이 가진 마지막 희망조차 또다시 전쟁의 예비 승리자였던 소련과 미국이 주고받은 얄타회담(1945. 2)의 포로송환협정에 의해 완전히 꺾이고 만다. 전쟁이 완전히 끝났으니 일본군 포로수용소로 보내달라는 그들의 요청이 있기 전에 스탈린은 이미 미군의 독일군 포로 중에서 국적이 소련인 자들을 송환할 것을 요구했고 미 대통령은 소련의 점령지에 남아 있던 미군 포로의 신변안전을 위해 그 요청을 받아들였던 것이다. 소련군 조선인 포로들은 "우리는 소련인이 아니다./우리는 조선인이다./우리의 국적을 고쳐달라./우리를 조선인이 많은 수용소로 보내달라"(193쪽)는 요구를 혈서로 써서 그들의 생존의지와 귀환의 열망을 장엄하게 표현한다.

> 네 사람의 손가락에서는 피가 흘러나오기 시작했다. 흰 종이 위에 새빨간 피글씨들이 한 자씩 그려져나갔다. 몸속에 감추어져 몸의 보호를 받고 있었던 피들이 이제 주인의 몸을 구하려고 몸 밖으로 흘러나오고 있었다. 피는 붉었지만 단순히 붉은색이 아니었고, 액체였지만 단순히 액체가 아니었다. 피의 붉은색은 피만의 독특한 붉은색이었고, 액체이되 농도와 온기가 다른 액체였다. (……) 주인의 생명을 구하려고 그려지고 있는 떨리는 피글씨들은 숙연하고 처연했다.(195쪽)

인용문은 '단순히 붉은색'이 아닌, '단순히 액체'가 아닌 피를 강조함으로써 강대국에 의해 짓밟히는 약소민족 구성원의 불운한 처지를 강렬하게 환기시킨다. 피로 민족적 동질성을 강조하고 대표하는 제유법(提喩法)은 낡고 진부하며 맥락에 따라서는 타자를 배제하는 배타적인 동일성을 조장하는 인상을 주기도 하지만, 그런 이유 때문에 작중인물들의 염원에 담긴 진실 어린 절박함이 감소되는 것은 아니다. 더군다나 작가는 저들의 절실한 요구가 이루어질지도 모른다는 숨죽인 기대마저 접고 마는 포로송환에 관한 최후의 이야기를 배치함으로써 인용문이 환기하는 효과를 다시 한번 극대화한다.

『사람의 탈』의 마지막 장은 전쟁을 일으키고 주도한 강대국들의 배타적인 자국이기주의와 포로들조차 인간이 아닌 교환되는 물건으로 취급하는 주권자들의 무자비한 결정에 의해 희생되는 사람들의 비참한 최후를 그리고 있다. 소설은 작중인물들이 지워지지 않는 그 낯선 이름 때문에, 그들의 국적 때문에 소련으로 송환되던 도중 머무른 어느 야산에서 모두 총살당하고 마는 장면으로 끝을 맺는다. 종전 후, 살아남은 포로들과 인민들에게 전쟁책임을 뒤집어씌웠던 스탈린의 지시로 적어도 오백만 명 이상이 학살당했다는 근거 있는 역사적 정황을 염두에 둔 작가의 결말 처리다. 신길만과 그의 동료들은 그들을 소련군으로 다시 '태어나게' 만들었던 바로 그 이름, 바로 그 국적 때문에 어처구니없는 비극적 최후를 맞는다. 이미 카이로회담(1943. 11)과 포츠담회담(1945. 7)을 통해 식민지 조선의 독립이 재차 확인되고 조선총독부의 완전 철수(1945. 9. 9)로 조선인들이 해방의 기쁨을 한창 맛보던 그즈음, 고향으로 귀환하리라는 한가닥 불안한 희망을 가진 소수의 사람들은 황량하고도 낯선 이국의 땅에서 역사가 파놓은 망각의 구덩이로 집단 매장되고 만다.

노르망디의 실종자

『사람의 탈』을 읽다보면, 추상적으로만 인식되던 '역사의 간지'라는 헤겔의 개념이 그 어느 때보다 구체적 실물로 만져지고 생생한 육성으로 울리는 것을 느끼게 된다. 조선인 일본군으로 소련군 포로가 되고 소련군 포로에서 소련군이 되었다가 다시 독일군 포로가 되고 독일군 포로에서 독일군이 되었다가 또다시 미군 포로가 되어 마침내 미군의 교환물품으로 패전국 독일의 협력자이자 승전국 소련의 배신자가 되어 총살당하는 식민지 조선인들. 그러나 소설은 전쟁포로와 군인으로 번갈아 뒤바뀌는 기구한 삶을 살아가는 작중인물들의 생존의지와 결부된 최소한의 양식과 잠자리, 의복 및 치료에 대한 요구와 강제노동에 대한 정당한 불평, 휴식에 대한 갈망, 고향에 대한 간절한 그리움, 그들만의 단합의지 등을 빠뜨리지 않고 기록함으로써 그들이 더이상 헤아릴 수 없는 역사의 무대에서 이리저리 조종되는 꼭두각시가 아니라 살아 있는 인간임을 강력하게 증언하고 있다. 독일 포로수용소에서 철도부설 강제노동에 동원된 작중인물들이 굶주림과 추위를 참으면서 "목도 소리"(141쪽)에 서로 발장단을 맞춰가며 무거운 각목을 솜씨 있게 메고 가는 장면은 비록 소작농 처지라 하더라도 고된 생업에서 삶의 요령과 생활의 지혜를 체득한 조선인 농군다운 낙천적 의지와 그들로 대표되는 민족 공동체가 저장하고 있는 삶의 건강성에 대한 작가 특유의 강조가 잘 드러난 대목이다.

그렇지만 그런 대목들만큼이나 전쟁의 광기가 인간과 자연의 질서 전체를 전혀 다른 것으로 변모시키는 과정을 실감나게 묘사한 구절들도 마찬가지로 주목을 요한다. 소설이 시작되는 첫 대목, 계속되던 전투가 잠시 멈춘 노몬한 초원에 대한 묘사와 작중인물들이 독일군 포로가 되고 "발가숭이" 상태로 벗겨져 수모를 겪는 장면은 한번 병치해볼 만하다.

산이 없어 가려질 데가 없는 초원의 하늘은 초원보다 더 아
스라하게 넓었다. 그 하늘에서 크고 작은 새떼들이 휘돌고 맴
돌면서 회오리바람을 일으켰다. 새떼들은 맘껏 날갯짓하며 무
성한 풀숲으로 급강하하고는 했다. 시체를 뜯어 먹으려는 독수
리떼와 까마귀떼였다. 그것들은 날마다 포식을 했다. 새떼는
사람을 무서워하지 않았다. 죽은 사람을 맘대로 뜯어 먹고 있
으니 산 사람도 먹이로 보이는 것인지 몰랐다. 새떼들은 대포
가 폭음을 터뜨릴 때나 겨우 자취를 감추었다. 그것들은 비웃
기라도 하는 듯 소총 소리나 기관총 소리에는 끄덕도 하지 않
았다.(8쪽)

추위 속에서 이천여 명은 삽시간에 발가숭이가 되었다. 알몸
으로 우글거리고 있는 그들의 모습은 인간의 모습이 아니었다.
이상스럽게 생긴 짐승들이었다. 그들은 알몸이 되자마자 피부
색을 가리지 않고 하나같이 몸을 웅크리며 두 손을 모아 아래를
가렸다. 그리고 고개를 떨구었다. 그러니 그 모습은 옷을 입고
움직이는 독일군들과는 너무나 다르게 보였다. 인간은 옷을 입
어야만 비로소 인간다운 인간의 모습을 갖춘다는 것을 여실히
보여주고 있었다. 신길만은 이보다 더한 수치심을 그전에 느껴
본 적이 없었다.(117쪽)

인용문의 인상적인 장면들은 전쟁이라는 광기의 소용돌이 속에서 자연과 인간이 그 원초적인 야만성, 헐벗은 형상으로 되돌아가는 순간을 강렬하게 포착하고 있다. 시체를 파먹는 까마귀떼는 소설의 거의 모든 배경마다 출현하여 전쟁과 죽음의 이미지를 부각시킨다. 그러나 전쟁이라는 파국의 순간순간과 맞닥뜨린 인간의 모습에서 섬광처럼 번뜩이는 개체성과 단독성은 비록 그것이 개체적 인간 실존의 문제나 종말을 가져온 문명에 대한 성찰 등으로 반드시 이어져야 할 필요까지는 없다 하더라도 『사람의 탈』에서는 더이상 진전되지 않는 주제인 듯하다. 그것은 비단 경장편이 요구하는 분량상의 문제만은 아닐 것이다. 『사람의 탈』은 민족적 동일성을 일관되게 표현하는 수사법이나 구절들로, 예를 들면 같은 조선 사람을 만났다는 사실에 대한 안도감과 그들만의 일체감에 대한 강조, 고향에 돌아가고 싶다는 흔들리지 않는 공동의 신념에 대한 확신을 표현하면서, 강대국에 의해 짓밟히는 소수민족의 이유 있는 불행과 비참함을 환기하고 대변하는 데 더욱 주력한다. 동시에 교묘한 전쟁 이데올로기와 포로와 병사들에 대한 비인간적 대우, 이기적인 포로교환정책, 오만한 힘의 논리로 주권을 표현하는 강대국에 대한 고발과 탄핵 속에서 약소민족과 강대국을 선과 악으로 나누려는 이분법은 점점

확고해진다.

『사람의 탈』에는 작중인물들이 처한 실존적, 역사적 처지를 약소민족 구성원 전체가 당면한 상황으로 일반화하는 증거들이 여럿 있다. 그중, 신길만에게 소설의 처음에서 마지막까지 수차례 들려오고 때로는 그 자신이 직접 발화하기도 하는 어머니와 아버지의 목소리는 특별히 취급되어야 하는데, 이 목소리는 훼손되지 않은 민족, 조국, 고향의 이미지를 표상하는 이른바 대타자의 목소리이다. 대타자는 부모, 민족, 모국, 신(神), 공동체, 고향 등등으로 주체가 그 일부로 자신을 편입시키면 그로부터 자기의 일관성과 동일성을 보장해주는 존재로 말할 수 있다. 『사람의 탈』에서 대타자의 목소리가 등장한다는 것은 소통이 생존과 이어지는 절실한 상황 속에서 말이 통하지 않고 말을 잃어버린 작중인물들을 고려한다면 서사의 전개상 필수적일 수 있다. 아이에게 엄마(Mother)의 목소리가 그렇듯, 주체는 대타자(Other)를 통해 죽음 대신에 삶을, 분열과 혼란 대신에 통합을, 단절 대신에 연속성의 환상을 실현한다. 소설에서 노몬한 전투에서 동료 병사와 함께 일본군 장교의 옥쇄(玉碎) 명령을 이행해야 하는 순간부터 미군의 포로수용소에서 동료들과 함께 더이상 가망 없는 송환을 기다려야 하는 때에 이르기까지, 곧 절체

절명의 위기와 생사기로의 순간과 마주쳤을 때 기다렸다는 듯 어머니와 아버지의 목소리가 신길만 곁에 출몰하는 것은 바로 그 때문이다. '호랑이한테 열두 번 물려가도 정신만 채리면 살아난다'는 (어머니의) 전근대적 속담과 '총알 피해댕겨라'라는 (아버지의) 비합리적 주술은 실현되고 신길만은 살아남는다. 어머니의 말, 모어(母語)이기 때문에 가능했던 것이다. 그리하여 그가 수많은 전쟁터에서 살아남게 된 것은 우연이 아닌 필연이 되며, 그가 혼자서 우연히 살아남은 것이 아니라 아버지와 어머니가 기어코 그를 구해낸 것이 된다. 『사람의 탈』은 신길만이 어머니의 말을 자신도 모르게 불쑥 말하고 아버지의 목소리에서 "담배 냄새까지 묻어났다"(20쪽)고 서술하는 대목을 통해서도 부모로 표상되는 민족공동체가 다만 상상적 관념이 아니라 물질적 실재임을 넌지시 강조하고 있다.

한 장의 사진이 주는 강렬한 인상에서 출발했을 수도 있는 이 소설에는 신길만이나 그의 동료들 중 누군가가 미군의 카메라에 찍히는 장면이 의외로 묘사되지 않는다. 글을 시작하면서 묘사해보았던 노르망디 조선인의 자리는 진정 어디에 있을까. 상상적 재구성이든 더 많은 자료의 확보든 간에 그의 역사적 실존과 운명에 대한 보다 치열한 탐색이 없다면, 조선인이든 그 누구든 간에 그는 노르망디의 실종자로 끝끝내 남아 있을 것이다. 『사람의 탈』이 그 탐색의 징검다리 역할을 해냈다.

그 잔혹한 사람의 바다

언제 어느 때나 문학은 인간에 대한 탐구다. 역사는 그 안에 포함된다. 인간을 응시할수록 거듭하여 인간에 대한 질문과 마주 서게 된다.

인간이란 무엇일까.

사람이란 과연 믿을 수 있는 존재일까.

사람과 짐승의 차이는 무엇일까.

이런 질문과 회의에 대한 응답은 어디에 있을까. 그 응답이 없거나, 또는 해득하기 어려운 추상이어서 종교와 철학과 문학은 그나마 존재하게 되는 것인가.

일찍이 이 세상 사람들은 자유 평등 평화를 인류의 공동선이라고 내걸었다. 얼마나 아름답고 인간적인 이상인가. 그 깃발은 20세기 인간들의 이성과 지성의 산물이었다. 그러나 그것은 실현될 가망이 아득한 영원한 환상인지도 모른다. 그 아름다운 깃발 아래서 사람들은 지난 백년 동안에 일억 명을 서로서로 살육했던 것이다.

빅토르 위고는 '모든 비인간적인 것에 저항하라'고 했다. 그와 똑같은 정신으로, 전쟁을 찬양한 작가는 단 한 사람도 없다. 그런데, 우리 인간들의 21세기는 또 어떻게 될까. 이 지구 상에는 20세기와 똑같이 소수의 강대국들과 다수의 약소국들이 있다.

제2차 세계대전 때 노르망디 전선에서 미 공수부대에 최초로 잡힌 '나치 군복을 입은 네 명의 동양인'은 바로 '한국 사람'이었다. 미국 역사학자 스티븐 앰브로스는 그 사실을 그의 저서 『D-DAY』에서 밝히고 있다. 그리고, SBS는 특집 다큐로 그 사실을 추적해보고자 했다. 이 작품은 그 프로그램에서 많은 도움을 받았음을 밝혀둔다.

문학동네와의 약속이 너무 오래 미루어져 미안스럽다. 책을 꾸미느라 애쓰신 모든 분들에게 고마움을 전한다.

2007년 이른 봄

조정래

■ 덧붙임 | 작품 제목 '오 하느님'이 특정 종교에 관계된 얘기가 아닌가 하는 오해를 빚는 경우가 적잖아 어쩔 수 없이 제목을 '사람의 탈'로 바꾸며, 이를 정본으로 삼고자 한다.

조정래

1943년 전남 승주 선암사에서 태어났다. 동국대 국문과를 졸업하였으며, 1970년 『현대문학』으로 등단하였다. 단편집 『어떤 전설』 『상실의 풍경』 『어떤 솔거의 죽음』, 중편집 『유형의 땅』, 장편소설 『대장경』 『불놀이』 『인간 연습』 『허수아비춤』 『황토』 『비탈진 음지』 『정글만리』 『풀꽃도 꽃이다』 『천년의 질문』 『황금종이』, 대하소설 『태백산맥』 『아리랑』 『한강』, 산문집 『누구나 홀로 선 나무』 『황홀한 글감옥』 등을 출간했으며, 현대문학상, 대한민국문학상, 성옥문화상, 동국문학상, 소설문학작품상, 단재문학상, 노신문학상, 광주문화예술상, 동리문학상, 만해대상, 현대불교문학상, 심훈문학대상 등을 수상했다.

문학동네 장편소설

사람의 탈

ⓒ 조정래 2009

1판 1쇄 2007년 3월 26일   1판 5쇄 2008년 8월 11일
2판 1쇄 2009년 10월 26일   2판 7쇄 2024년 4월 30일

지은이 조정래
책임편집 조연주
디자인 박진범 유현아 | 저작권 박지영 형소진 최은진 서연주 오서영
마케팅 정민호 서지화 한민아 이민경 안남영 왕지경 정경주 김수인 김혜원 김하연 김예진
브랜딩 함유지 함근아 고보미 박민재 김희숙 박다솔 조다현 정승민 배진성
제작 강신은 김동욱 이순호 | 제작처 (주)상지사 P&B

펴낸곳 (주)문학동네 | 펴낸이 김소영
출판등록 1993년 10월 22일 제2003-000045호
주소 10881 경기도 파주시 회동길 210
전자우편 editor@munhak.com | 대표전화 031)955-8888 | 팩스 031)955-8855
문의전화 031) 955-2696(마케팅) 031) 955-8864(편집)
문학동네카페 http://cafe.naver.com/mhdn
인스타그램 @munhakdongne | 트위터 @munhakdongne
북클럽문학동네 http://bookclubmunhak.com

ISBN 978-89-546-0940-1 03810

www.munhak.com

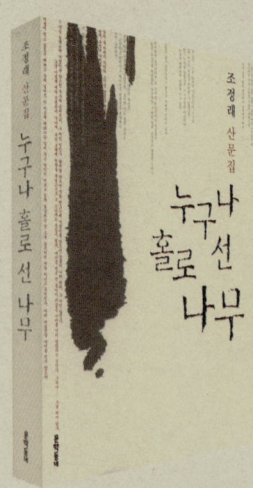

누구나 홀로 선 나무

조정래 산문집

조정래 문학의 근원에 자리한 작가의 시선과 창작의 고뇌!

작가 조정래의 오늘의 자리를 만들어준 대하소설들은 산문집 『누구나 홀로
선 나무』를 통해 앞뒤에 얽히고 설킨 사연들을 드러내고 있다. 그중에서도
『태백산맥』이 독자 반응의 크기와 다양함의 면에서도 가히 기록적임을 이
산문집은 잘 입증해주고 있다. 뿐만 아니라 현실주의, 민족혼, 불의 비판, 통
일 전망 등을 중심 개념으로 삼고 있는 조정래의 사상이 올곧은 민족주의와
따뜻한 혈족애에 뿌리를 둔 것임을 『누구나 홀로 선 나무』를 통해 확인하게
된다. 『누구나 홀로 선 나무』는 『태백산맥』 『아리랑』 『한강』의 부록이라는
성격을 넘어서서 인간 조정래의 근원과 배경을 알려주는 제노텍스트가 되
고 있다. 조남현(문학평론가, 서울대 국문과 교수)